文化組織　第二十號

文化組織

八月號

主張

世代に就て

ヤンガア・ヂェネレェションと云ふことば程、今日アヤフヤなるはない。若いとは一體何の謂であるか。世代とは一體どのやうなものであるのか。恐らくウカツに信じられない。

信じていいと思はれることは唯一つ、それがやむにやまれぬていの存在であらねばならぬと云ふこと、そしてそれ以外の、凡その美辭らしきもの、阿諛らしきものが皆眉唾ものにすぎぬと云ふ事實だ。どのやうな强制を以てしてもとどめ得ぬ、意味の探求、假りにオールド・ヂェネレェションに對するヤンガア・ヂェネレェションが單なる抽象名辭でなく、何等かの實質的なものであるならば、それは先づ何よりもむしろ壯烈とも云ふべき意味の探求に挺身して居なければならぬ。かれらは斷じて、第一の形式の探求者たる光榮に浴しはしない。先づ意味を！　形式はまとまりである。まとまりの安易を拒否せよ。そして意味はつねに混沌のなかにある。カオスに突入せよ。恐らくそれは、まとまつたものふやけたもの、氣のぬけた存在、ひとつの形式的完璧に對するアンチテーゼの情熱に裏づけられる。

他人の目から見れば――即ち老人共の目から見ればだ――餘りに一本氣すぎる、思慮分別が足らぬ、嘴が靑い、等々であるだらう。ちがひない。何時の場合でも正しいのは、そして「他人」の目なのかも知れぬ。第三者的客觀！

然し、人間が思慮分別によつてしか行動しないなどと云ふのは凡そ馬鹿げたお噺にすぎぬ。分別は殆んどの場合坐りこんで居る。或は澁茶でも啜つて居るだらう。例へばだ。突撃する白兵の腦裡にどんな思慮分別があるか。同じ事ぢやないか。カオスに突入するとは、又一方に於てあり得べからざる絶對への突撃でもある。つねに白兵戰。つねに肉彈！われ〳〵はいくら思慮を絶しても足らない。もう百倍嘴が靑くても恐らくまだ〳〵にちがひないのだ。絶對はあり得ないし、カオスにお手輕なまとまりは求め得べくもないからである。

ふたつの傲慢がある。一は經驗の傲慢であり、他は精神と情熱の傲慢だ。經驗はつねにすりへらされた精神、冷えまさる情熱のための最後の堡壘である。經驗とは、そしてまさに形式そのものだ。老世代の恃む形式の傲慢に太刀打出來るていの精神の傲慢を固執する以外に、われわれの生きる場所はない。意味への獨往は、われ〳〵にとつて最低にして且つ最高の權利なのだ。それは既にして、やむにやまれぬと云ふ點に於て絶對である。われわれは生きる權利を持つ。また、傲慢の義務をも！　だが――

然し乍ら、「われわれ」とは果して誰を指すのか。恐らくそれは支離滅裂だ。「われわれ」と云ふことばは、誰にもまして他ならぬ今日のわれわれにとつてまことにうそさむい響を時つて居る。曾てわれわれ大正の世代が浴びねばならなかつたさまざまの惡評は、根底に於てかの支離滅裂に通じて居たにちがひないのだ。然し、われわれを叱咤した雜種轉向の世代たちの誰がそこに問題の本質をみたであらうか。それなくして斷じてわが世代は理解されぬ。いな、ぼくらは理解されることを求めはしない。理解するのは、餘人ならぬわれわれの役割なのだ。彼等諸々の轉向世代たちはぼくら震撼させられたヂェネレェションからははるかに遠い。彼等を特徴づけたイデオロギーのことごとくは、僕に云はせれば、何のことはない、ふやけた形式であり、便宜的なまとまりにすぎなかつたのだ。

われわれは、あらゆる支柱が崩れ、天井がぬけ、床が動搖するなかで最初のめざめを經驗した。餘すところなくゆすぶられた、われわれの精神は、然し矢張り磁石のやうに極をもとめて顫へる。一つの新しい意味の極をもとめて――。それはかならずや老世代の思慮分別の彼方にある。今日われわれが身裡に藏してゐる冒險は、恐らく言語を絕して居るだらう。

アドヴェンチュア。時にそれは華々しく、また時にひどくありふれて居る。然し人類の歷史はじつにアドヴェンチュアの歷史に他ならない。われわれの慰めなき慰めはそこにある。

われわれのスタァト・ラインは絕對に一列ではない。支離滅裂の世代に、なんとふさはしい光景ではないか。どこにあるものは、所詮「眞理を求める亂心」（ニイチエ）のひとつひとつなのだ。

われわれの耳もとでアランは囁く。

「こころよいものであるよりも寧ろ遙かに止み難いものであるやうな掟にしたがつて全く獨りで……」と。

（倉橋顯吉）

船と少年達

田木繁

町は川の向ふ側にある。橋袂から川口まで向ふ側に家々が犇きあつてゐるのに反し、こちら側につゞいてゐるのは所々櫨や篠竹のもりあがつた草叢ばかりだ。少しも空氣の動かぬ茹だるやうな暑熱の中で、たゞきりぎりすの鳴聲が近づいたり遠ざかつたりする。どこまで來たのか、漸く向ふ側を見やつて、見當をつける。川邊に立つた三階建の一番大きな旅館の前まで來た。町の中心部にある銀行支店の人造石の建物や、百貨店の屋上の旗も屋根越しに見えはじめた。二町ばかりつゞく紡績工場の赤煉瓦の塀はそこから遠くない。

やがて家々が川緣に何軒も並んだ運送店や、へ印や〇印で示された倉庫の列になり、木材の悲鳴をあげつゞけてゐる製材工場や、大きな船を二三ばいも引づぱりこんだ造船所も見えはじめ、ひつきりなしに水面を叩く發動機の音や、その間に時々まぢる小蒸汽の汽笛や、調子を揃へて鳶口をふりかぶる筏人夫の懸聲等によつて小さいながらも騷々しい港の風景が展開されはじめる。すると、こちら側に於ては川沿ひの道が行きづまり、道路は左に外れて、川に並んで走り、海の中へ突出して岬になつてゐる山の裾の部落の中へはいる。そのため、それからさきまつすぐには、甚だしく細くなつた貯木場の岸壁の上を渡つて行く外はない。

が三吉の近頃の毎日の目的の場所はその細い岸壁の突端のところにある。毎年八月になると、カイヅ、ゼニグレ、タイゴ、小アジなど様々な稚魚の群が食物を求めて岸邊に泳ぎよる。それらを釣りあげるには大して難しい技法を要しない。この南方の海岸地方の釣漁季節の最初の幕は、まづこれらの小魚相手の釣師達の小手しらべによつて切つておとされる。

突端の上に出ると、忽ちつんと泥とまぢり合つた潮の香が鼻に來る。兩側できらめく光線の反射の中で、目の先がくら〳〵となる。海はもはやそこから遠くない。正面に一線を引いた中洲の向ふ側へ白い波頭がくりかへし走りよつてきては引きかへす。次第に碧さの加はつて行くものがそこから上方へ、左右へ延びてゐる。そしてそれは特にこゝでは未だ天候の定まらぬことを示すムク〳〵入道雲のもりあがつてゐる水平線と、一つの目の覺めるやうに削り立つた島と、長く奥深く突つこんだ岬とによつて限られた、一枚の額縁の中へ閉ぢこめられてゐる。

が三吉を夢中にさせてゐるのはこの海の色や匂ひばかりでない。彼はまるで跳の地面についてゐない恰好で、突端の燈臺の役目をつとめてゐる電柱の下まで行つたり、貯木場の入口の橋のところまで引返したりする。自分の手先をもどかしがりながら、リュクサックの中から七ツ道具を擴げ、撒餌を調合したり、導絲を取りつけたりする。

こゝへ着くたびに——それは殆ど毎日のことであるが——新しい希望に彼の胸は躍る。とりわけ今日未だ他の常連や部落の少年達の一人として見えてゐないこんなに早く出てきたのは、夜中に一雨降つたからだ。案の定、川水に少し濁りが着いてゐる。今までの經驗に從へば、こういふ日は必ずや漁獲が多いに違ひない。

がこれらの希望はいざ仕事をはじめる段になると、片つぱしから崩されて行くのが常であつた。たとへば、あの位十分糠で包んだ生蝦をバラ撒いたに拘らず、いや或ひはかへつてバラ撒いたがために、道具をほりこむと、忽ちピリリと羽根浮木に魚信が來たが、急いであはすと、見事に餌だけが奪られてしまつてゐる。もう一度餌をつけかへてほりこみ、こんどは寸秒の隙間もなく合はしたが、やはり同じことで、徒らに道具だけが空高くはねあがつてしまふ。これは一體どうしたことか？ こんなに上手に餌をとるものは何者であるか？ 思ふに撒餌によつて、何かの稚魚の群が集つて來たに違ひない。しかも甚だ小さい、到底鈎にかゝらぬやうな。それに反し所期のもの――彼は實はこれらの小魚達にまぢつてやつてくる黄鰭（黒鯛の一種）の二年ものを待ちかまへてゐた――は恐らくは未だこのあたりに近づいてきてゐないのに違ひない。

こうなると、彼にはもはや道具を引きあげ、一服する外はなかつた。今少しく時間が經ち、潮がみちてこねば。一般に魚類は潮が動き出さねば食はぬ。殊に黒鯛類のやうに賢い魚は。彼が今までものゝ五六尾もたてつゞけに釣りあげたのは差潮のはじめに限られてゐるではないか？ 仕様のないまゝにいつものやうに對岸の風景の上に眼をやりはじめた。

對岸の一番端の造船所に引きこまれた一ぱいの木造船は殆ど舳の天を指すばかりにのけぞらせられ、こゝまで聞こえる激しさで下から燒きこがされてゐる。すべての船達は腐蝕を防ぐために一年乃至二年に一度腹部を燒かれる必要のあることは彼も知つてゐた。しかし高々板張りの底でしかないものをあのやうに激しく燒きつゞけるときは？ 眞向ひの内河の本流への出口のところでは、一ぱいの小蒸汽が船長からの合圖の鐘のまゝに行きつ戻りつの操作をつゞけてゐる。停止中のチンとチン〱、進行中のチンとチン〱、それらについて三吉自身曾て誰かに説明を聞いたことがある。がそのストップ、ゴーヘッド、ゴースタンは、こゝから見てゐると、あたかも船長から機關長への以心傳心と云ふやうに感じられるのであつた。少しく喧しい叫び聲に氣づき、眼を轉じると、正面の三角洲のこちらに面したところでは、今しも大ぜいの人々が力を合はせ、高崗網を引きあげにかゝつてゐる。一ぱいの船がその網を積んで大きく沖を廻つてきた後、兩側から引きあげる。その中に包まれた大魚小魚は洗ひざらひ引きよせられる。もとよりこゝのそれは他の海岸で見たものに比べれば、甚だ小さかつた。そしてたとへあげしほの時であるにしても、こういふ川口になど大して大きな魚群のはいつてきてゐる筈はない。しかし男達が二三人で網をめぐらしてやり、女達や子供達ばかりで兩側から聲を合はせて引つぱりあげてゐるそれは、どこかのどかな光景で、それを眺めてゐる三吉の心を紛らすに役立つものであつた。

がこの日こののどかな光景はさう長くはつゞかなかつた。何か異狀なもの、それを根底からくつがへすものが起こりつつあることに間もなく三吉は氣附かねばならなかつた。船底の下の焰は俄かに激しく横なぐりに猛りはじめた。内河の小蒸汽はもはや愚圖々々してゐられぬと云ふ風にグン〳〵奥へ向つてゴースタンしはじめた。中洲に立つた女達は髮形をふりみだし、何か大聲に叫びはじめた。氣づいてみると、俄かに今までのトロリとした氣配が失はれ、ひいやりとするものがあたりに流れてゐた。中洲の向ふ側ではいつの間にか一面の三角波が立ち、幾筋もの白い條々となつて殺到してゐた。その上の水平線からはさつきまでムク〳〵もりあがつたまゝ待機してゐた入道雲がむくれあがり、今ははつきり眼に見える速力を以て、こちらへ向つて飛んでゐた。今まであたりに保たれてゐた氣壓の均衡が破れ、風が變つたのだ。いくらか殘つてゐた雨氣を含んだまぜが吹きはらはれ、溫度の低い西風が吹き入れられたのだ。

そしてこういふ川口の異變は更にこれらに加へられた次のやうな情景によつて確められた。右側の島の向ふ側や左側の岬の突端をまはつて、無數の漁船が見えはじめた。矢のやうに海面を斜に突つきり、一筋に川口へ向つて後から後へと。これだけならもとより驚くにあたらぬ。普通言はれる「やまぜがへしのにし」は一度にどつと吹きよせる。聊かの待てしばしもない。少し錨をあげるのが遲れると、小さな釣船達はもはや狹い川口へはいることが出來なくなり、宮崎の鼻や大曲りの絶壁に叩きつけられてしまふ。が次に更に。左手の三吉の坐つた岸壁と、もう一つの岸壁との間に包まれた小さな灣の奥から、突然けたゝましい無數の爆音が鳴り出した。何隻もの漁船が相ついで岸壁を離れはじめた。釣船とは比較にならない大型の、一本マストの、同じ型ばかりの機帆船が引きも切らず一定の間隔をおいて、三吉の前を通り本流へ向つて。本流のまん中で速力を少しもおとさないで、殆ど鋭角的とも思はれるカーヴを切つた後、海上へ出て行つた。正面から吹きつける西風に抗して、白い牙をむき出し嚙んでかゝる三角波を物ともせず、そこから生命からがら逃げかへつてくる小舟達とは反對に。

これらの人々の間で通常打たせ船と言ひ慣はされてゐる土地の底洩網漁船について、今まで三吉は知らないわけでなかつた。そしてそれがこの數年來濫獲防止のために、機械を以て曳行することを禁ぜられ、機械はたゞ往復にのみ使はれることも聞いてゐた。たとへ無數の魚群の襲來を前にしても、風のないときには徒らに手をつかねて見てゐねばならぬ。從つて風の立ちはじめるのを待つて出港するに越したことはない。がそれの行動を目のあたりに見るのは、殊に烈風に抗して突進して行く勇ましい姿を見るのは、これがはじめてであつた。

そしてこういふ船達に對する興味は、三吉にあつては更にこれらの七八十隻を殆ど一手に所有してゐるこちら側の部落に及ぼされざるを得なかつた。貯木場のあちら側に、つき出された岬の懷に抱かれた部落、今まで騷々しい對岸にのみ惹きつけられ、一向に三吉の注意を惹かなかつた戸數にしては百戸內外しかない部落、これは一體どうしたところなのであらう。

「今日の漁況はどうですか?」

そこへ時々勤務の暇を見ては竿と籠とを提げてやつてくる部落の入口の駐在所のT氏が來た。

「えさとりばかりが多くてさつぱりですよ」

「ほう！」

さう答へたものゝT氏はやはり自分で一度試さずに治まらなかつた。

が道具を浸けようとすると、條件は更に悪くなつてゐた。この聊かの隙間もなしに吹きつける向ひ風に抗して、投げこむのは容易なことでない。仲々思つた場所へ屆かぬ。屆いたと思つても、すぐ手前へ吹きよせられ、先端を底石や芥屑へ引つかける。その上未だえさとりの群は去つてゐなかつた。少なからずこの川口にまで波動の及ぼされてきた水面で、少しも魚信の眼につかぬまゝに、餌がとられる。「その證據をあげてみせよう！」と意地になつたT氏は、まづ浮木下を二三尺のところまで引きあげた。次には三吉の道具箱の中から二三分位の小さな鈎を探し出し、それに小蝦を一ぱいにつきさすやうにした。すると、眼にとまらぬ位細く浮木を動かすものがゐる。急いで合はすと、やつと手應へがあつた。枯れた木の葉のやうな奴がヒラ〳〵しながらあがつてきだ。小バリ（アイノバリの稚魚）の當歳ものだ。こいつの口は甚だ小さい。その上何尾も集つてきて、周圍から餌を吮りとるやうにする。到底鈎にかゝる代物でない。

「阿呆らしくてやつてゐられませんね。こんなもの相手では」

「いや」

豫期に反してT氏は未だ希望を捨てゝゐなかつた。一尾々々餌をつけかへては、尙も竿をふりつゞけてゐた。

「今に魚がこのあたりへ集つてきますよ。西風が立つと、きつと川口へ追ひこまれる」

三吉は思はずまるい顏に一文字の口鬚の濃いT氏の顏を見直した。一つの希望の失はれる毎に、更に新しい次の希望を見出さずにゐられぬ、釣師に共通のさう云ふ性癖をT氏もまた持つてゐるのであらうか？ なるほど外海の時化た場合に川口で大喰ひさせた例のあるのを、彼もまた聞いてゐた。しかし單に西風が吹いただけで、魚が追ひこまれてくると云ふのは。

T氏とちがひ、それ以上希望の持てなかつた三吉は、竿を横たへたまゝ、この機會に先刻からの疑問を口にしてみた。

「この風に抗して出て行く打たせは大變ですね」

「あの位船が大きければ大丈夫ですよ」

「この魚價高に皆さぞ裕福でせうね」

「どうして、こゝの奴らときたら、儲つたら儲つたで、片つぱしから賭博に入れてあげてしまふのやから」

「すると、よりによつてこんな場所を受持たされた貴下の役目が思ひやられますね」

「いや、むしろこうやつて釣漁ばかりしてゐるに限る。一々言つてまはると、かへつて反撥させる」

特にこの部落における駐在所のむつかしさについてT氏は語り出した。あまり小さいことまでガミ〳〵言ふわけに行かぬ。それかと云つて大目にばかり見てゐると、徒らに增長させる結果になる。眞面目一方であつた前任者は僅か二箇月足らずで追ひ出された。しかも引揚げの當日は近隣の女房どもがバケツや鍋を叩いて、囃してまはる有樣であつた。殊にこの部落に名物の喧嘩と賭博の取締りには一番弱らされる。町から一割別になつてゐるため、部落だけで團結するところがあり、さすがの川向ふの×××の連中も手が出せぬ。得意の直接交渉でやつてきても、默つて部落のまん中へ引入れ、袋叩きにする。うつかり沖で網を引ききるやうなことがあると、それこそ大變で、すべての打たせを動員し、その快速力を利用して包圍してしまふ。賭博はこゝでは特に鶏の蹴合を好んでやる。何々と云ふ名前のある奴に新顔なのを突合はせ、何分間で鳴くか時間を限つておく。時によつては百圓二百圓の額にものぼる。これの現行がどうしても押さへられぬ。勝負のはじまるときには部落の端々に見張りを置き、見知らぬ顔が近づくと、家々の裏口から裏口へ傳令がとんで、急を知らせる。もとより一人や二人摑へてきても泥を吐かぬ。むしろ主だつた連中に特別に眼をかけてやり、時々は無理を聞いておいてやるに限る。すると、こちらの顏を潰すやうなことを滅多にしない。去年の秋の祭禮のときなど「この神輿はどうしても一度潮の中へ浸つてこねば」と若い者達がいきまき出したのを、自分が口をきいて、年寄り連中から納得させ、事無きを得た。

「尤もえらいもので、事變以來、殊に一昨年の徴用以來、大分氣風が變つてきてゐますが」

昭和十四年中、これらの打たせ船三十ぱいが徴用されて、武漢作戰に參加した。艦隊の先導の下に呉淞から武漢まで何百海里かの濁流を蹴つた。歸つてきた人々の話によると、掃海艇の清掃して行く一筋の水路を從はねば危険であるばかりでなく、未だ沿岸の所々のトーチカが絶滅されてゐず、艦隊が滅多矢鱈に打ちつゞけ、沈默してゐる隙を狙つて溯上したと云ふ。「こちらは一片の鐵板すら帶びてない木造船やから」まことに身のちゞむ思ひがしたと云ふ。この話を聞きながら、三吉は先刻の船達の縦列行進を思ひうかべ、この部落の人達を一層新しく見直さずにはゐられなかつた。

しかしながらさしあたり毎日この岸壁の突端へ出てくる三吉と、直接の交渉を持つたのは、部落の少年達であつた。夏休みにはいつてからも、授業がつゞけられてゐると見え、少年達は午後になつてやつてきた。そこから遠くない家々で衣類を脱ぎすてると、多く申又一つになつて、中にはチンポコ丸出しになつて、驅けつけてくる。生れ出た瞬間から裸のまゝこの濱邊へ投げ出された奴らに違ひない。傍らに近寄ると、どれもこれも身體が日向臭く、潮臭い。ふと氣づいて三吉は驚いた。一人眼瞼のところに大きなおできをこしらへたのがゐる。潮水に浸けつゞけてゐると見え、大きく眞赤に熱し、殆ど一眼を塞いでしまつてゐる。

岸壁のところまで來た連中は出來るだけ長い距離を疾走し、降口のところで身體を眞すぐにのばし、海中へ突入する。それ〴〵自分のポーズを最も美しいものに考へてゐるのであらう。徒らに喧ましいばかりのクロールで水面をかきまはし一廻りしてから得意な顔つきをしてあがつてくる。貯木場の中へ降りた連中は、一ぱいに敷きつめられた筏の上を走りまはる。時々一本列から離れた奴を見つけると、忽ちそれの奪ひ合ひをはじめる。代る〴〵そいつの一端を兩手で押さへ、水面を蹴つて泳いでまはる。

中には小さな手網とブリキの空罐をさげてきてゐるのもゐる。岸邊の捨石の上を傳ひ、小海老を尋ねてまはる。岩の上へ遊びに出てゐるのを見つけると、背後から網をのばす。押さへてから少しゆすぶる。奥へ逃げこみ、手足をひつかけたやつを器用にはねあげる。一本の竹切の中溝を絲に通し、先端に鉤をつけたのを持つたのもゐる。蚯蚓をつけ、捨石と捨石の間の孔の中へさしこむ。すぐクツ〳〵とつつきにくるものがゐる。瞬間、子供の顔は喜悦に輝く。ひよつとしたら、二三百目もある大鰻かも知れぬ。絲をのばしたりちゞめたりしながら、長い間かゝつて引つぱり出さうとする。

これらの子供達の襲來は釣師達にとつて少なからぬ迷惑と言ふ外はない。こんなに近くでバタ〳〵やられては、折角長い間辛抱し、撒餌をした甲斐がない。出來るだけはなれて泳ぐやう、足許の孔などいぢりに來ぬやう叱りつけたり、なだめすかしたりする。がしばらくすると、またやつてきて、いきなりドブンととびこむ。もう重ねて叱る氣もしない。しかしと、ふりかへつて三吉は考へる。こゝは元來子供達の領分で、無理矢理に割りこんできてゐるのは、子供達でなくてわれ〳〵自身であるとするならば、それをとやかく言ふ方が間違ひなのでなからうか？

この外にも更に延竿と魚籠とをさげてやつてくるのがゐる。人造絲ばかりの道具や、七八分もありさうな鉤を以て釣りにかゝる。こんなものを以てつれるのは、ハゼかキスかガッチョか雜魚の類にすぎぬ。敏感な黑鯛類は思ひもよらぬ。がわれ〳〵大人がはるかに大きな黃鰭の二年物をつりはじめたのを見ること、子供心に羨ましいのであらう。左右から近寄つてきて、同じ場所へ入れようとする。さうなると、黃鰭はもう食はぬ。同じ場所がくりかへし叩きつゞけられたり、何本も道具の並んだりするのに氣附いただけで、どこかへ行つてしまふ。

その上少し狃れると、

「おいさん、蝦くれんか？」

餌を取りにくる。

「おいさん、つりくれんか」

一本しかない鈎をとられ、鈎をとりにくる。その中には默つて餌籠の中へ手をつゝこむものも出來る。何人も並んだ大人達の中で、この人だけが叱らぬと分ると、そのぐるりにばかり集まるやうになる。遂には道具箱の中から浮木が一本失はれた。大物のかゝつた場合のために傍らに引きつけておいた受けだまが見えなくなつた。リール用のもう一本の環竿まで勝手に持ち出されはじめた。これにはさすがに三吉も腹を立てた。がやうやくにも叱りつけることを辛抱した。これらもわれ〳〵のこの土地へ拂はねばならぬ稅金の一種ではなからうか？　そして時には鈎が底石にかゝつたやうな場合、子供達の一人が水中に潛り、外してくるやうな役に立つこともあるのではないか？

こうしてある日、もう夕暮れに近い頃、なんぺんも餌をとられつゞけ、稀にかゝつたと思ふと、ゼニグレやチャリコで拍子拔けをした揚句、やうやく黃鰭からの魚信が來はじめたとき（それは浮木の動かし方で分つた。一般に小魚が強くはげしく動かすのに反し、大きな魚は靜かにスーッと入れる）、對岸から一ぱいの小舟がこちらへ向つて漕ぎよせられてきた。岸壁の上から外側へ向つて絲を垂れてゐた三吉の前を通り、突端をクルリと廻つた。それが特に三吉の注意を惹いたのは、普通の小舟でなく、いつも大きな機械船の尻にくつつけられてゐる丸形の底の淺いてんま船で、しかもオールのやうに兩側からぶら下げられた短い艪が、突立つたまゝの二人の少年の手によつて實に巧みに操られてくることであつた。普通の舟の二倍も早く水面をすべり、灣の中へはいつて行つた。何艘もの小舟の並んでゐる灣の內側のところへつないでしまふと、岸壁の上へあがつてきて、丁度坐つてゐる三吉の背後にあたるところの道具小屋の一つ（灣の兩側にはさう云ふ漁師のための小屋が何軒も立つてゐた）の中で、何かカタコトいはせてゐた。もとより前方向いたまゝで、魚信に暇のなかつた三吉は、たゞそれを漠然と背中で感じてゐただけであるが。浮木が沈むか沈まぬかに、さつと竿先を水面に沿うて合はす。忽ち竿を弓形にしてしまふ反擊が手許にこたへてくる。その廣い胴幅でぐらり〳〵水をかきまはし、なか〳〵あがつてこぬ。ぞく〳〵身內が熱くなつてくるやうな瞬間がつゞく。やがてパツと尾鰭を逆立てたものが、斜の光線を照りかへしながら、水面に見えかくれしはじめる。

そこへやはり對岸から後追ひかけて、もう一艘の舟がやつてきた。三吉達の前で艪の手をとめて、中の男が問ひかけた。

「今こゝへ子供等二人逃げてこなんだかえ?」

「きたことはきたけど」

釣師達はそれ〴〵來はじめた黃鰭に夢中になつてゐたため、滿足に返事の出來るものはゐなかつた。

「一體何したんなえ?」

「しやうのない奴らやで、每日やつてきて、なんどかど取つて行きやがる」

對岸の造船所の男らしかつた。近頃鐵類が高價になつてから、子供等が手分けして、屑鐵や古釘を集めにまはつてゐる。

もとよりその多くは學校からすゝめられ、廢品回收と國防獻金の二道かけた善良な意圖に出たものだ。町の人々もそれにはいろ〳〵便宜をはかつてやつた。ところで中には惡いのがゐる。少し迂濶りしてゐると、すぐ置き忘れてゐた道具類や材料類をかつさらつて行く。

「特にこゝの濱の奴らにかゝつたらかなはんよ。一つぺ引つつかまへて、どえらい目に合はしてやらんと」

男は何事であらうかと水からあがり、岸壁の上にずらりと並んでゐた河童達の顏を睨めまはしはじめた。三吉もまたふりかへつて、その顏々を一々檢めて見た。がさつきの二人の顏をその中から見分けることは思ひもよらなかつた。どれもこれも眞黑な眼ばかり光らせてゐる裸虫で、むしろこの出來事に呆氣にとられ、ポカンと男の顏を見返してゐる。

突嗟に三吉の頭に今の先の二人の物置小屋の中での動作が思ひ浮かんできた。二人は一體あの中で何をやつてゐたのであらうか？　どうして歸つてくると、早々あの中へはいる必要があつたのであらうか？　思はずそのことが彼の口から出かゝつた。が、またふつゝりと思ひとゞまつた。相手は多寡が少年達だ。三吉までが何も手を藉して、大人達の味方をするに及ばぬ。居並ぶ少年達に對する愛情がこのとき彼に働いたことは否定出來ぬ。がそれとともに、彼にあつては何となく惜しい氣持がした。今この事實を洗ひざらひ打ちまけてしまふよりは、もつと成行を見守つてゐるならば。一體あれらはどんな少年達であらう？　更にこれからさき、どうしようと言ふのであらう？

そのへんあちらこちら潜いでまはり、人々に訊ねまはつた揚句、男は間もなくあきらめて歸つて行つた。

が一方、そのころから黄鰭はもうあまりこの岸邊に近づかなかつた。黄鰭は他の黑鯛類と異り、一ケ所に集まることがない。潮のはじめにちよつと岸壁に泳ぎよつてくるが、すぐまた泳ぎ去つてしまふ。これがチヌであるならば、いつまでも撒餌から放れず、一尾つれはじめると、後から〳〵つゞけてつれる。その上割合場所のよりこのみをするらしく、今日は特に突端から少し内側へまはつた角のところばかりがよくあたる。

「こんなことでは今まで待つてゐた甲斐がないで」

「まるで人のつるのを見にきたやうなものや」

手持無沙汰になるまゝに、三吉の心は背後の小屋に奪はれざるを得なかつた。一度内部を検べてみたら、どんなものであらうか？　何が隠されてゐるのであらうか？　すると、しばらくしてその中から話聲が聞こえてきた。羽目板のところまで近寄つて行つて、聞耳を立てた。

「今日はボートが五つ、ナットが七つあるで」

「これだけでもピンになるで」

「このスッパナ、これが値打もんや」

「これ、山政のところへ持つて行つたらあかん。きつと叩かれる」

「そや、李に限る。李やつたらマタ位はりこみよる」

三吉の胸の何となく妖しくときめくのを、どうすることも出來なかつた。見事に彼等の祕密を押さへることが出來た。その上彼によつて押さへられたことを、未だ彼等は露ほども悟つてゐない。

しかしこれらの少年達をどう處置するかと云ふ段になると、やはり彼は迷はずにゐられなかつた。彼等は今は彼にとつて袋の中の鼠の狀態にある。思ひのまゝに料理することが出來る。そして先刻の男の言葉どほり、これらの少年達は常習犯だ。この町の誰も彼もその被害を蒙つてゐる。十分罰する値打がある。

彼は彼自身の三寶柑畠のことに思ひおよんだ。これらの濱の少年達は冬から春にかけて方向を變へ、山際の蜜柑畠を襲撃する。殊に三寶柑畠は山際の低いところにあるために、恰好のその對象になる。彼の三寶柑畠も今年の春屢々やられた。ある夕方など、丁度家内の者が五六人隊を組み、背後の山畠の側からはいりこみつゝあるのにぶつゝかつた。要所々々に立ち、ちぎりとつてはリレー式に運び出してゐる。その外道路に面したところには、一人の見張りをも立たせてゐる。人の姿を見ると、忽ち合圖の口笛を鳴らし、散つてしまつた。

　かういふやり方は少年輩としては少しあくどすぎる。あまり專門的でありすぎる。これをこのまゝ放置するときは、周圍の者達にはもとより、本人達の將來のためにもならぬ。むしろ今の内ある程度の訓戒を加へるに越したことはない。しかし、やはりどうしても彼には決心つくに到らなかつた。それを彼自身の手によつてすると言ふことは。繩つきにして、T氏のところへつれて行くと言ふことは。

　すると、そのときであつた。突然あたりが騷しくなつた。子供達の中から歡聲が起つた。一人々々が叫び聲をあげながら、突端のところへ向つて突進しはじめた。突端のところへ立つと、パッと兩手をあげ、身體を弓なりにそらし、次々に海の中へとびこんで行つた。見ると、入口の本流のところで再びぐるりと鋭角的に轉向しながら、打たせ船が歸りつゝあつた。けたゝましい無數の爆音であたりを蔽ひ、次々に川口に向つて舳をつゝこんできた。だん／＼小さくなつて行く帆柱の列が、斜の一本の線になつて水平線までつゞいてゐた。子供達はそれを迎へるやうに、いやむしろそれに打つゝかるやうに、拔手を切つて進んで行つた。一ぱいの打たせをやりすごし、向ふ側へ拔けると、浮きつ沈みつしながら、こんどは向ふ側からこちら側むいて、次の打たせに突進した。何が子供達をこのやうに熱狂させてゐるのであらうか？　打たせに向つて一體何をしようとするのであらうか？　突嗟の間に三吉に諒解出來なかつた。それらは灣の中へはいりつゝあつたとは云へ、未だ十分速力を落としてゐない。それにこの狹い灣口で、方向を變へる餘裕などあらう筈はない。それは全く眼に見えて危險な動作と言ふ外はなかつた。

小屋の中の二人もその騷ぎを聞きつけたと見え、すぐ飛び出してきた。この全體の子供達の中で一番年嵩に屬する、目立つて四肢のよく發育した二人であつた。きつとなつて、打たせの行方に眼をつけた。すぐ何もかも打ち忘れ、とびこんだ。見る〳〵水煙りをあげて近づいて行つた。あつ、危い！　思はず三吉は口走らずにゐられなかつた。特にその中の一人のは少しも恐れを知らぬやり方であつた。自分で自分の頭を打たせの胴腹へ持つて行くやうにした。瞬間、少年の身體は船の下敷になつて沈んだ。見事頭はスクリウに叩き割られたに違ひない。あたりの海水を眞赤に染めながら、間もなく浮きあがつてくるに違ひない。が次の瞬間には、少年の姿は颯爽と水面に浮いてゐた。艫からぶら下つてゐた一本の綱を摑んで、疾走する打たせと同じ速力で水を切つて、他の少年達の感嘆と羨望にあふれた叫び聲に送られながら。

三吉もまたわれを忘れて、それに眺め入つてゐた。心の中で、彼は思はずほつとしてゐた。これで何もかも一ぺんに解決したと考へてゐた。（一六年七月五日）

譫語

野口米次郎

ああ、誰が表現を禮讃にのみ限つた？
誰がお前を一つの言葉の貧しさへ推込めた？
理智の働き中止は變的行爲だ、
想像の羽を斷ちきるのは殺人犯だ。
憐れなる鳥よ、
お前は足を現實に縛られ、
竹の鎧戶を透かして空を眺め、
籠を離れて飛ぶことが出來ない。

お前は人生の光と呼吸《いき》を敎へられなかつたか、
お前は詩人の名譽を背負つて來たのではなかつたか……
二つである三つである五つでもある言葉の資產を否定して、
「ああ」と「おう」の歎聲しか出せない啞の子だ。
お前は自分だけの貝殼に宇宙を作つて、
もつと大きい廣い宇宙へ門を閉ぢた。
そして「おう」「ああ」の一つの言葉で、人生の凡てを片付け、
ただ制限の刺戟だけに醉つてゐる、
（ああ、誰が表現を禮讃にのみ限つた？）
せつせと獨善の墓場を掘り、
墓碑に次の文字を彫つてゐる。
『ここに横たはるもの、遂に偉人たるを恐れたり。』

風景の思想

——短歌的なものへの對立——

小野十三郎

　自然に對する感情と、それの表出は別の事實である。それを詩と自然の關係についてみると、詩人の對自然の方法には自ら風土や民族の性格が規定する差違が反映してゐるといふ風に私たちは說き聞かされてきた。かなり大まかな類別であるが、一應誰にも納得される理論であり、又、實際に、それは根本的な問題にも觸れてゐるのである。たとへば、ホメーロス時代のギリシヤについては、私たちはかういふ風な常識を持つてゐる。——古代ギリシヤの詩には自然や風景を直接歌つたやうなものは殆んど無い。そこでは自然は唯繪畫の背景であり、或はそこで人間の活動が演ぜられる舞臺面に過ぎなかつた。ギリシヤ民族の詩人的本能は、はじめから自然の物象に彫塑的な形を與へてゐて、自然は個々の神的な人格に分散されてゐる。卽ち、神々が彼自身の中に風景を吸ひこんでしまつてゐるために、詩に於ても外界の描寫に赴かずに、英雄的な思想や行爲を物語ることによつて、自然に親近したこと、ギリシヤ神話の精神は風景畫の精神の正反對であると云ふこと。從つて、美術に於ても、繪畫を作らずに彫刻を作り、詩に於ては、抒情詩よりも敍事詩が榮えたといふこと等を敎へられてゐるのである。そして私たちは直接ホメーロスを讀んで感動したわけではないが、かういふ解說の類や、彫刻の複寫等を見ることによつて、自然と人間が明確な輪廓を見せて際立つてゐる一つの純粹な世界への憧憬を養はれてきたのである。ヨーロッパの藝術史が屢々語る「ギリシヤへの復歸」、ルネッサンスだとか、近代の古典主義の誕生だとか云ふことが、左程不自然ではなく、私たちの意欲や感情に訴へてくるのは、やはり私たちの素地にかういふ理解が成立してゐるためであらう。ただ一時代を風靡した西歐文學の壓倒的な影響が、反面に於て、自國の古典に對する一般的無教養と、認識の缺如を伴なふやうな現象を來したために、私たちは、ギリシヤに對比すべきものを、自國の古典の最上のものにもとめやうとはせず、近世的な墮落した詩精神をのみ、それにあてゝ、相互の價値の評價を試みるやうな習慣に陷入つてしまつたことは、正統な方法ではないが、已むを得なかつたと云へるだらう。ともかく、さういふ風な狀態の下に、西歐文化の最高の理想とされてゐるギリシヤが、私たちの精神へ、一つの幻影を投げてゐたことは否定出來ない。近來、古事記の神話に對する清新潑剌とした解釋や、萬葉の新研究等が續々として發表されるに到つてゐる。多分、わが國の詩の歷史も、より具象的に書き替へられる時もくるだらうと思ふ。その方法の中で、古代ギリシヤの詩精神は、さらに一つの新しい光に照射されて浮び上り、この國の古典の重厚な精神との緊密な對比に於て理解されるにちがひない。私はさういふ仕事も今日大いに必要だとは思つてゐる。しかし、以下私が云はうとしてゐることは、もつと卑近な問題であることをことわつておく。

　ギリシヤ人が非常に銳敏な感受性を持ちながら、風景に對して殆んど趣味を有せず、外界の自然の影響に對して、一見鈍感な風に見える事は不思議と云へば不思議である。史家は、これを、彼等の感受性は、我々より一層銳敏ではあつたが、我々ほど內省的ではなかつたからだらうといふやうに說明してゐる。そこでは自然はあまりに美し過ぎたのだ。或はあまりに明瞭過ぎたのだ。ギリシヤの繪畫が、虹や雲の形や、散亂し偏斜した光線などを再現する歡びを知つてゐながら、霞んだ遠景の效果などは一向顧みやうとしなかつたこと。或は、ギリシヤ語は、音や匂ひや光を現はす語彙を豐富に有しながら、風景の一般的な調子や雰圍氣を現はす語を殆ど持たない、といふやうなことが、この間の事情を物語つてゐる。要するに、そこには、人間にケチ臭い內省などを喚び起さしめない清澄な空と豊かな光が充滿してゐたのである。彼等が、周圍のこの自然に虛心に立ち向つたとき、自然の物象は自ら彫塑的な形をとつて浮び上り、神話の世界が形成された。後世の史家や哲學者や詩人は、そこには人間精神の素朴にして本源的な調和の狀態を見出し、一つの理想として、屢々その世界に、私たちを連れ戾さうと試みた。それも有意義な仕事の一つであらう。しかし、さしあたつて今私はさういふ仕事のテンポに自分の步調を合せてゐるわけにはゆかない。私が今興味を持つてゐるのは、一つの詩の方法としてのこの風景の轉換法である。卽ち、ギリシヤ民族の詩人的本能が、そもそもの初から自然の物象に彫塑的な形を與へてゐたと云ふ事實を、稍々比喩的に、そしてもつと形式的な卑近な問題として、自分が詩を書いてゆく上の二三の疑問と照應さして考へてみたいのである。風景といふものは、日本の現代詩に於て、どういふ風に歌はれてゐるか。それは詩のどういふ空間の中にあつて、どういふやうに展開されてゐるか。私は、現代の詩について考へるとき、日本の詩歌の特質乃至は傳統とされてゐる、自然に托して志を述べる（和歌）とか、自然との合一の境地を覘ふ（俳句）とか云ふ方法の素朴な踏襲に對しては懐疑的たらざるを得ない。自由詩は古いと云はれるけれども、それがはじめに、和歌や俳句の形式や格律と訣別した動機は仍新鮮であつて、それに較べると、その後の現代詩自體の內部の發展はむしろ過大評價されてゐる傾向がある。精神は新を競ひ、詩論も無限に飛躍し發展するが、詩が、はじめに、和歌性や俳句性に嫌厭たるものを感じて、それと分離するに到つた動機に對する認識と感動が極めて輕いために、それらのはげしい探究精神をもつてしても、基礎的には信頼出來ないやうな印象を與へるのである。シュールやアブストラクトもその一つの場合であらう。しかし最も典型的なのは、再び詩人を和歌的なものに對する鄕愁に驅り立てゝゐる或る種のロマンチシズムである。そしてこれらの傾向は、具體的には、詩に於ける自然や風景の歌ひ方（表出）の上に、救ふべからざる感傷主義となつて現はれてゐる。

私は、元より、廣い意味での日本の詩歌の精神の傳統を無視するものではない。それが暗默の中に、私たちに働きかけてゐる力といふものは想像以上に大きい。現代詩の發展も變貌もすべてこの上に基礎づけられてゐることは疑ふことが出來ないが、さういふことはもはや證明を必要としない事實であつて、反省を持ち込む餘地も餘裕もない。詩人が、技術に對しては非常に細心に穿鑿的に、そして傳統に對しては非常に大膽にのぞむことが出來るのは、かういふ自信があるからである。若しこの作用が反對に動いてゐたならば、一國の文化や藝術は決して發展しないだらう。日本の現代詩は、その初期に於ては勿論、かなり後までも、それは單なる西歐の詩の技術に過ぎなかつた。この技術の模倣によつて詩人たちは、短歌や俳句の形式、發想法に依つても可能な（或は多分より適當な）內容を、行分けの韻文にひきのばしてゐたのであつて、その技術を必然とした精神の樣式に對しては一般的な理解は無かつたと云へるのである。ただ注意すべきことは、とにかくさういふ歌とか俳句とか云ふ出來上つた容易な形式や技術があるにもかゝはらず、又、それを必然とする出來上つた自然に圍繞されてゐたにもかゝはらず、西歐詩の未成熟な技術によらなければ物が歌へなくなつたと云ふことだ。これは大したことだと思ふ。そこにはまだ、現代詩を、短歌や俳句とは別の異質的な獨立した詩として成立せしめやうとする意識は明瞭に現はれてゐないが、それはたしかに古い抒情の系譜に對する一つの不滿を表示するものであつた。かうして詩と自然は稍々新しい角度に於て相見えるやうになつた。技術が身についたものになるに從つて、西洋近代詩の精神も一應把握された。それからは、社會情勢の波の起伏と共に、様々なイズムや方法が相次いで入り込んできたが、それらも一通り器用に消化された。日本の現代詩は、僅かな年月の中に、千年の傳統を有する短歌等と並行して存在する別の獨自の傳統を、それ自身の中に形成したやうな觀を呈するに到り、詩人はもはや短歌や俳句の方法にわづらはされることなく、自らの技術を驅使した。詩の世界は、短歌や俳句の世界とは別だといふ漠然としたジャンルの類別の上に立つて、詩人たちは、歌人や俳人と無交渉に仕事を進めてきた。それが歌壇や俳壇に對する所謂詩壇といふものゝ成立の經過である。

しかし、事實として、現代詩の傳統の淺さは蔽ひかくすことは出來ない。それを補ふものは、この若い詩を成立せしめやうとした初の動機に見られる詩人の生活意欲の强烈さである。現代詩が、その淺い傳統、未熟な形式、混亂した用語、其他様々な不純な夾雜物をもつて、なほよく歌や俳句の老成した境地と、別の一王國を形成してゐたのは、詩人にこの新しい意欲の氾濫するものがあつたからである。これが無くなり、この動機が埋沒してしまふと、たとへ詩といふものゝ世界が歌や俳句とはちがふといふ自覺を持つてゐても、いゝ意味での摩擦や對立を喚び起すほど、それは精神の純粹さに觸れない。そこから「詩歌」の名の下に一括される生溫い混同が生れ、現代詩の獨自性は喪失して、詩と自然との照應は再び耐へ難く退屈なものになつてしまふ。私はそれでは面白くないと思ふのだ。

こゝで私は、卑近な例證として、前に述べた現代詩に於ける「風景」の位相について考へてみる。詩が所謂「國詩」の最たるものとしての短歌の形式や方法に慊らないものを感じて、一旦そこから發足した以上、自然や風景の歌ひ方に於ても、舊來の習慣によつては不可能な、それと違つたなんらか淸新な具象化の方法が試みられてゐなければならないだらう。古い詩歌の方法の中にある自然や風景はもはやそこにあつてはいけないのだ。一口に云へば、詩は、風景そのものに對する執着を斷ち切つてゐるのである。ギリシヤに於て、自然は唯繪畫の背景であり、人間の活動が演ぜられる舞臺面であつたといふ意味とは少し違ふかも知れないけれども（何故なら現代の詩人は不必要なほど内省的だから）、現代詩に於ける風景（自然）は、詩人の空想の單なる背景であり、詩人の活動が演ぜられる舞臺面となつたと見ることが出來る。風景の位置は、著しく低下した。卽ち、それは「大道具」となつたのだ。いゝ意味にも、悪い意味にも、これが現代詩の一つの特徴である。そして、詩人の思想が硬化せず、つねになほ未知なるものに向つての憧憬と探究が、精神の內部に持續されて、その流動性と屈伸性が失はれてゐないかぎり、自然に對するかゝる不遜はゆるされていゝのである。あたかもギリシヤ最盛期の詩人が、英雄的な思想や行爲を物語ることによつて自然に親近した如く、それは素朴である。しかし、かりに詩人の思想が凝固し、空想力や構想力が著しく減退して、意慾の衰への蔽はるべくもない時、なほその時に至つても、自然を、自己の感情移入の場としてゐたらどうだらう。様々な風景を、自分の都合の良いやうに按配してゐたとしたらどういふことになるだらう。さういふ眼の慣れ方、物の感じ方、風景に對する反感の仕方は、低俗な形式主義以外の何ものでもない。

私は、現代詩のすべてがさういふ危機にあるとは思はない。が、多くのものが滅びるだらう。自然や風景は、あまりに汚なく人間の手垢に染まり過ぎた。わけても微溫的なヒューマニズムといふ手垢に。今度は自然が自らの世界を淸掃する番が來た。

私は、現代詩が、わが國古來の詩歌の傳統の中に確立された所謂「日本的表現」の方法に反撥してまで、自らの獨自な世界を拓かうとした目的が、かゝる生溫いヒューマニズムを、自然の中に持ち込むことによつて終了するものとは考へてゐない。私は、現代詩の未來性を確信してゐるために、いかなる意味に於ても、それの旣往の詩精神への解消等と云ふことも信じない。嘔吐を催さしめるやうな感傷的な風景詩の過剩生産には實際あきれるが、頭からそれを一蹴し去る氣持は無い。それは弛緩した精神の產物であるが、と同時に又、技術や方法といふものゝ內部にある矛盾の現れでもあるからである。詩歌の精神をめぐる滔々たる懷古的思潮の中にあつて、さうしてまでも卑俗な現代詩の方法を模索し、それに執着してゐる詩人といふものを、私は面白いと思ふ。少くとも彼等は、現代詩が依つて成立した動機に對して誠實である。そして彼等のもとめてゐる詩が決して新しい短歌でも、新しい俳句でも無いことは宿命のやうなものだ。私が俳句や短歌を、まるで目の仇のやうにし、偏狹な對立意識を持つてそれにのぞんでゐることには、自分では充分理由があると思つてゐる。殊に、短歌性といふものに對する反撥が激しい。もつとも短歌性と云つても、萬葉古今といふ風に類別して考へれば、その精神は一様ではないが、さういふ問題に觸れてゐるのではなく、短歌といふ構造の中に入りこんだ現代人の精神や感覺の様相に對する私の氣持を云つてゐるのである。それがおそろしく私の肌に合はないのだ。若し詩に於ける風景が、短歌の風景と同質のものであるならば、現代の詩は少しも發展してゐないことになる。風景詩などといふものが何故つまらないかと云ふと、そこには風景も自然も何もないからである。自然に對する素朴にして鋭敏な感受性の代りに、一律に微温的なヒューマニズムがのさばつてゐる。それが風景の思想となつて凝滯してゐる。詩人のこの感傷性は、瞭かに、歌人のそれと同型である。これは決して詩人の名譽だとは云へない。私たちは、現代詩の一部に見られるかゝる短歌性への傾斜を、たゞちに、詩の日本的表現の傾向だと見謬つてはいけない。詩歌の名の下に、なほまだ様々な異質的なものが同一視され、混同されてゐる有様であるが詩が歌を否定して出發したといふ事實には變りない。この動機は、今日に於ていよいよ新鮮である。

私は昔、齋藤茂吉の「短歌寫生の説」に感心したことがある。あすこでは、寫生といふ意義が非常に廣義に解されてゐて、現代詩の卽物性にも通じるものがあつた。歌讀みの體驗について說いた文章として、稀に見る深さと激しさがあつたやうに思ふ。しかし結局、ゆきつくところは心境論であつて、「歌ごころ」そのものはマンネリズムである。茂吉の歌論も、それを破るだけの力は無い。私は短歌の類はあまり讀まないが、茂吉の最近の歌には、昔のあのはりみたいなものは無くなつてゐるのではないかと思ふ。茂吉にかぎらず、現代的なテーマに關聯して歌はれたものを見ると、アラヽギだとか萬葉調だとか何だとか云つても、今日の短歌の形式は全體的に硬化してゐることは爭へない。そして、それは今日の歌人の精神に、純粋な意味での詩人としての體驗が無いことに原因してゐる。一般的な思想はあるが、詩人の思想は無い。表面的な現象の推移に合せる技術はあるが、現象の內部に浸透して、それを更新する技術は無いのだ。これが又、自然や風景を歌はない詩はないけれども、同時に、自然や風景そのものを歌へた詩も無い理由であらう。

自然や風景は、それが非人間的に見える時にのみ私には興味がある。自然をして、自らの世界を淸掃せしめる餘裕を與へよう。自然は、今日ではまるでその本來の屬性と見られてゐるあらゆる人情的なもの、感傷的なもの、詠歎的なものを、自分の世界から拂拭すべきだ。物質の塊《マス》に還るべきだ。しかる後に、私たちの思想が自ら流れ出す時を待たう。風景は「人間の靄」を拂つて、自らの世界を純粹に明確に浮彫にし、詩人は自らの内部に鬱積する様々な先入觀や、凝固した思想を解放して、兩者は一旦その交渉を絶つ、「白紙」に還る、そこから出直さう。詩人は、必ずしも自然科學者のやうな眼で、風景を觀察する必要は無いが、彼等のその眼の慣れ方が、何を抑制し、何を犧牲とすることに依つて得られたものであるか、と云ふことは考へてみてもよい。人情的であることによつて詩的だと呼ばれてゐる自然や風景は、少くともそこには無い。それだけでも氣持の良いことである。眼に見える世界を、個々の神的な人格に分解し、神々の周圍に幾多の神話や傳說を生育せしめたギリシヤの詩人は、一見、自然を非常に人間的に人情的に解してゐたやうに見えるが、それは反對であつて、かれらの詩人的本能は、はじめから自然の非情性を認識し、その純粹性に徹してゐたために、かゝる飛躍的な風景轉換法が生れたのである。私たちの抒情の方法をもつて、現代の日本の神話や傳說を成育せしめることは或は不可能かも知れないが、自然との新しい對立關係に於て、抒情を更新せしめる暗示はある。自然を概念的に一つの全體として見ずむしろ個別的にそれを「物」として見て、印象の無意識的な具體化をやる方法が面白いのである。それは、未知の自然の中で、思想を形成してゆく方法であつて、ありきたりの思想を、自然の中へ持ち込む方法や習慣とは決定的に相違する。風景の單なるデフォルマシオンではない。無論、ヒューマニズムによる主觀的歪曲とは違ふのである。

金原省吾は近著「日本的表現」の中で、風土について次のやうなことを云つてゐる。「日本の風土は、變化的である。大陸のやうに打ちひらけた一様の風景ではない。歩々に變る山川の相違があつて、その相違が、心を細かにすればするほど、細かに現れて來るといふ風のものであつた。それは氣候でも同様である。四季の相違は勿論であるが、四季の變化の間々に、また細かい變化があつて、晴曇寒暑風雨の變化が無限にある。かういふ風土の變化の中にあつて、吾等のとつた態度は、變化の一つ一つの著しい特徵に注意するといふよりも、その變化の特徵の間にはさまつてゐる、微妙な推移の中間狀態に注意するといふ風であつた。」「……例へば初秋や初冬がそれである。夏は去りつゝあり、秋は來りつゝある。しかも夏の著しい特色は過ぎたものとして表現を停止され、秋の著しい特色もまだ表現の現れないものとして表現を示してゐない。そこに夏と秋との中間狀態が成立する。」「……かういふ心持は、日本の繪畫に、中間色の用ひられることの多い事實と通じてゐる。」云々。これはたしかに正しい、そして巧みな觀察だとは思ふ。繪畫だけでなく、日本の詩歌に現れた自然も亦さういふ樣相を示してゐる。そしてその傳統は現代詩の表現の上にも根を張つてゐるのである。私たちの抒情の性格はたしかにさういふものだ。しかし私は考へるのであるが、現代の詩が、形式や表現手法の完璧さに於て、短歌や俳句に及ばず、その精神に適はしい獨自の形式を完成さすに到つてゐないことも、斯の如き抒情の性格の中間性に基因するのではないかと思ふ。詩人の意欲と、抒情の性格の矛盾は屢々痛感させられるのである。むしろ私たちの仕事は、この矛盾の上に成立してゐるやうなものである。私たちの詩に大いなる夏も、猛烈な冬もないといふ事は、單に、風土の條件がさうであるためではない。物の感じ方が小さく固まつてしまつたからである。この小さく固まつた樣式を「日本的」だとか、民族固有のものだとか云つたりすることは冒瀆である。現代の詩は、その出發に於て、先づかゝる感性を自己否定する。由來、日本の詩歌には、現代の詩に於てもさうであるが、春と秋を歌つたものには傑れたものがあるが、夏と冬を歌つたものにいゝものは少い。若し、自然がつねに穩やかに、この國土には、大いなる夏も、猛烈な冬も無いとするならば、私たちはよろしく私たちの內心の大いなる夏や、猛烈な冬を歌ふべきであらう。

今日、諸外國に於て、詩が文學のどういふ位置を占めてゐるか私は詳しく知らないが、詩集等に對して、時々何々賞といふのが與へられてゐるところを見ると、やはり相當世間的な反響は持つてゐるのだらう。チェンバレンがオックスフォードの學生に、エリオットの「荒地」を引用して一場の演說をやつたといふニュースを讀んだこともある。しかし概して今は散文の時代であつて、作家個人についてみても、强烈な詩精神の存在は寥々たるものらしい。又、詩といふ形式そのものも、散文の隆興に壓倒されて、一般に衰退の徵候を見せてゐる。わが國に於ても、最近、部分的に、現代詩に對する認識は多少弘まつたといふものゝ、表面的な位置は、依然として極めて低い。しかし日本の現代詩は、諸外國の詩よりも、いまは未來性に富んでゐると思ふ。詩の純粹性が、單に散文に對立してしか思考されてゐない時に、日本には、短歌だとか、俳句だとかいふ、それ自身の發想法の完全さに於て、他の國の詩歌に比較さるべきもない定型詩があつて、それが一つの對立物となつて詩の發展のための、より實質的な批評を可能にしてゐるのである。私たちが、目前のかういふ立派な對立物、或は障碍を强く意識せず、つとめて摩擦を避けて、ただ漠然とした詩精神と散文精神の類別の上に立つて詩を考へてゐたことは迂遠であつた。傳統といふものは又有難いものである。そこから時に豁然とした無限の展望が未來に向つてひらく。

原子論史（第四回）

J・C・グレゴリイ
宗谷六郎譯

第四章　原子と微粒子

フランシス・ベーコン卿（一五六一年——一六二六年）は譬喩がとても好きだつた。彼は古代神話を檢討した時、キューピッドは原子を意味すると考へた。小さいこの小兒神は物質の根元的知覺力を表徴し、彼が盲目なのはこの知覺力は殆ど見透力をもたないからであつた。彼が子供であるのは原子は世界の永遠の幼兒だからであり、彼が裸なのは原子に於てのみ物質は露呈されるからであり、彼が弓をもつてゐるのは原子は離れてゐて相互に牽き合ふからであつた。裸性と永遠の幼年は古代原子論についても眞だつた。だが知覺と弓術とはさうでない、何故なら、ルクレティウスは原子を「無感覺元素」と呼んだし、原子は衝き當り、押合ひ組合ひ、又は引つぱつてのみ互ひに作用したのだから。ベーコン時代の原子は屢々キューピッドの中に見出された典型以上のものであつたし、ガセンディ（一五九二年——一六五五年）の原子は全然無感覺なものでもなければ、互ひに牽き合ふことの出來ないものでもなかつた。人間は類をもつて集らうとする性質を刺激してお互に吸引し合ふ。感應運動はガセンディの原子には比論的に存在した。この刺激と感應は原子にある人間の良心感情の無生類似物であつた。ガセンディは明かに吸引には接觸が必要だと考へた。接觸は二原子の觸れ合ふ場合の如く直接でもあり、磁鐵が流射物を鐵に向つて注ぎ出し感應運動を起させる場合の如く間接でもあり得たのである。

ガセンディは眞に原子論的條項を再現した。——破壞されざる原子、原子の運動のための空虚、衝突によつて逸らされる無目標の運動、そして綴られた言葉と原子よりなる事物の原子論者が好んでなす比較。各原子は大さ、形、そしてエピクロスが主張した如く重さをもつた。ガセンディの原子の疑似知覺力、原子が他原子の前で自己の運動を定める吸引力 vis attactrix は、デモクリトスの原子の習性程に純粹に機械的なものではなかつた。ガセンディは恐らく、原子論に對する宗教的偏見を除去することを助けて、原子が微粒子として復歸するのに力を致した。神自身がガセンディ原子に空虚の中を自由に動く力を與へたのである。宇宙は原子や空虚と同じく破壞されないものであつたが、構想の下に造られたのであつて、原子の偶然な合流によるものではなかつた。第十七世紀はデモクリトス流に機械的に考へられた宇宙でも、神の攝理を冒瀆しない限り受け容れるのに吝ではなかつた。ガセンディは神の手細工であるが故に神性に抗ふ事のない、その原子的機構をもつてデカルトの微粒子機構の受け容れられることを助けたものであらう。

ロバート・ボイル（一六二七年――一六九一年）が一六四六年頃研究室に入つて化學を研鑽しようとし、そして自然の哲學を求めてゐた時に彼は「原子的又デカルト的諸假説」に當面した。彼は此等の假説は共に「種々の形をもち運動する微小體」によつて自然現象を解釋してゐるから單一の哲學であると常に見做してゐた。彼は一六六六年に初めて出版され一六六七年增補されたその『形態と性質の起源』に於て正式に「微粒子哲學」の科學への導入を歡迎した。この重要な著述とボイルの他の澤山な著作は、デカルト的微粒子機械論の科學への侵入を顯示してゐる。ボイルは決して盲從的な原子論者ではなかつた。何故なら彼は、假定された「原子と呼ばれる不可分微粒子」に基いて議論をしたのではない。彼は又盲從的デカルト主義者でもなかつた。だが彼の微粒子論的見解には、デカルトの影響が明かである。ボイルがその『起源』の序文で「他の個處で述べた理由」によりデカルトの「哲學體系」を精讀する事を意識的に避けたと説明してゐる。多分デカルトの彼自身への影響を自覺して氣にしてゐたのであらう。デカルトの偏執を避けんと懸念する、このやうな用心深さがデカルトの強い影響を知り得る重要な手懸りである。彼の初期の著作を讀む者はこの用心深さも彼をデカルトの見解に關知せずに放つては置かなかつたと知るのである。ボイルがその最初の考へがデカルトから來る偏見を犯さなかつたと思つてゐるのは、序文の文句が示してゐる如く、彼の愛すべき弱點であつた。彼はデカルトの體系を詳しく調べはしなかつたが、一寸と「葉をめくつて見て」多くのものを發見したのだ。ボイルは明かに葉をめくつてみて多くの得るところがあつたのだから、若し彼がこの體系を黜けたのだとすれば、その時彼が自制の戒律を採用したかどうかは問題ではない。『形態と性質の起源』の中心的意義は、デカルトの壓倒的影響によつて科學が微粒子的説明に侵されたといふことである。ボイルがデカルト主義についての彼自身の見解を用ひた時、彼はその時代の科學的精神は微粒子となつて復歸しつゝあつた追放された原子を歡迎してゐると述べてゐる。

エピクロスは標準化された原子論をもつてゐた。そして第十七世紀はエピクロス學派によつて大いに影響されてゐた。ボイルは「吾がエピクロス主義」と「世界が夫々大きさ、形、運動を附與された單なる知覺出來ない微粒子の無限數から出來てゐるといふことは可能であると考へる」點でエピクロスと一致してゐた。「普遍的な又一般的な全物體に共通な物質は、延長された可分割不可入な實體」であつた。「普遍質料」は運動によつて分割され、極小物質、第一物質の大集積となるのであつた。この極小又は第一物質の群が集つて「多數の微粒子」となり、この夫々が「全く感覺で識別出來ない」微粒子が再び集つて感識され得る物體になるのであつた。自然に於ける變遷は、多く微粒子の移動の所爲であつた。

「普遍質料」が分割して第一物質になることは、ボイルが最初の出來事と考へてゐた限りに於て、彼の見解による最初の宇宙創成時であつて、それはレウキッポスの「無限」から原子が碎け生ずることに對應するものであり、更にそれ程密接ではないがエピクロス派の説く空虚を降る原子の雨に對應するものであつた。第一物質の微粒子に對する關係は原子の分子に對する關係の先鞭をつけるものであつた。ボイルは究極的粒子の微粒子的性格を折衷することなく原子を利用した。物質は分割され得るのであり、既に物質を分割した運動は又分割をするから、第一物質も又不可壞の原子ではなかつた。併し自然はこの非常に微小な固い粒子を分割することは極く稀であつたし、構成微粒子を度々分裂させることもなかつた。これはデカルトの流をくむものである。何故ならデカルトは自然は本來可分割の微粒子を分割することを控へるものだといふことを認めてゐる。運動によつて「普遍質料」を粒碎することも又デカルトの脈を引いたものであつた。即ちボイルがナイフも剃刀も運動なくしては物を切ることは出來ないと述べて第十七世紀の生々とした意識に訴へた。

ボイルはエピクロスの不可壞な原子に分割出來る微粒子を置き代へた。彼は又、粒子の根本性質からエピクロスの重さを引込めた。微粒子は大さ、形、靜止或は運動をもち、「普遍質料」の不可入性即ち固さをもつた。彼は古代から二つの概念を保存した。彼は古代原子論の單一根元要素をその微粒子の「普遍質料」の中に保存した。彼は又レウキッポスが如何なる力も原子の集積を變じて「事物の總和」を變へることは出來ないとしたのと同じく、何か自然的要因が物質を創造し又滅絶し得ることを否定した。併し彼の物質存續の規定に於て古代原子論からの決定的な分離を明示した。即ち如何なる自然的要因も微粒子を破壞することも出來ないし、創造することも出來ないが、神の力はそれをなすことが出來た。

ボイルは「質料」は「それ自身から生じる運動」を持ち得ず、根源的に神から運動を得るといふことではデカルト派に同意するが、エピクロス主義に對するこの補足に滿足しなかつた。デカルト派によると神は物質を動かし、その法則を設定し、しかる後世界をその自由に任せたとボイルは註釋してゐる。これは彼にとつては「エピクロスの原子の偶然な合流」の不充分な改正であると思はれた。神は更に「普遍質料の細小部分」の運動を支配し導くと共にそれを調節する法則を定め、かくて世界は組立てられ自然の進路は設定されたのである。世界は大操り人形であり、微粒子的時計であつたが、最初造物主に組立てられたもので決して動く微粒子の單なる自動的な偶然の結果ではなかつた。微粒子機構がその進路を定められ、時計が動く樣に組立てられる如く世界の構造が存續する樣に整へられた後も時々神は干渉するといふのであつた。更に又他の無形の要因の干渉もあり得たのである。かくてボイルはエピクロス的原子の偶然な合流に替へるに組立てられ管理される微粒子機構をもつてした。「唯理論者」は、職人が時計を作つた後に點檢し得るやうに、造物主が組立ててからこの微粒子機構を檢討することが出來ると考へた。微粒子機構も、若し神の攝理に對するエピクロス的冒瀆を取除かなかつたら、改宗者を獲ることもはるかに尠かつたであらう。

　ボイルは世界の微粒子構成は可能なものと考へた。エピクロスは原子を確信してゐたが、ボイルは表面上の現象と假定の微粒子との間に演繹上の缺陥のあることを意識してゐた。一六七八年カッドワースにとつて物體はただ微粒子的に構成されてゐるときのみ明瞭判然と認識されるものと思はれた。「微粒子假說は物體の性質を最も深く明瞭に說明すると思は」れたと一六九〇年にロックは述べてゐる。ロックは又「微粒子的說明の優越性は人間理解力の弱さの所爲で」もあるやうに思つた。粒子による說明の解說力を通じてのデカルト的微粒子機械論の強制力はその評判に於て明かである。ボイルが看取した如く、それは假說的であることは人の認めたところであり、ロックが『人間悟性論』に於て疑つてゐる如くこの說を運ぶことに人間精神の弱さが考へられたが、微粒子や原子をなしにすますことは出來なかつた。一六六二年オルデンバーグがスピノザに「たゞ今お話し致しました哲學者協會もお蔭で王立協會に變りました。そして公許狀をもつて發表されました」と書き送つた時は實驗科學も多忙だつた。「新しい協會は必要な收入が與へられる」やうにとオルデンバーグは望んだ。ボイルのやうな實驗家は溶解を微粒子衝擊による擴散によつて、燃燒された金屬の重量の增加を火の粒子增加で、堅さを微粒子の剛度によつて、流動性を「內部的」微粒子運動で、更にオルデンバーグが一六六一年スピノザに書送つた如く、自然の全效果を粒子の運動、形態、組織、結合によつて明瞭に說明する事が出來た。物理學に於て粒子による說明と爭つてそれにとつて代るのに成功したものはなかつた。かくデカルトの微粒子機械論は科學を捉へ哲學を完全に克服した。即ちロックは根本的にはボイル同樣微粒子論者であつた。何故なら微粒子說は假說であると認められ、或者からは人間の弱點の細工であると思はれてはゐたが、粒子によつて明瞭な效果的な說明を提供し得たから。

　ボイルは常に代るべき解釋に目を開いてゐた。即ち彼は盲從的なデカルト派ではなかつた。彼は常に現象を解釋する權利を保留してゐた。彼は正確にはむしろ微粒子的原子論者といはれるべきだ、何故なら彼の第一物質は分割され得るとはいふものの稀にされるだけだつたから。原子論の不可壊な粒子はボイルの時代の微粒子的氣風より、一般に廣く惠まれはしなかつた。ボイルは粒子間の虚ろな空間といふ原子論者の概念よりも「細微な精氣的實在」の侵入による擴散といふデカルト的概念に屢々より大きい同情を示したが、嚴格なデカルト主義者が否定する空虚に對して賛否何れにしろ獨斷的ではなかつた。彼は力に好意をもたなかつた。即ち磁鐵は恐らく吸引するのではなく、外面上の吸引は恐らく脈動であり、庭師が手押車を動かす時と同じく、通常推し動かすのである。すべてを押し流すデカルトの細微質料、この微粒子時代の獨特の衝動因はボイルが推動と稱するもののよい例である。

物質の微粒子的構成とその變化の微粒子的機構は一つの緊要な問題を提起した。古代原子論は先にその問題を提起してゐたが、第十七世紀の微粒子哲學が今又それを提起したのだ。ボイルは問題を判つきり認識し、強く表明し、彼の先驅、同時代人、そして後繼者が解いた如くに根本的に解明した。この解法は、思想の一つの一時的結論として、ロックの有名な『悟性論』に落付き、傳統となつた。ガリレイはこの解法を豫測してゐたし、古代原子論者も又もつと漠然とではあつたが豫想してゐた。デモクリトスからロックに到る間に、不可壊な原子か可變粒子か、運動したり靜止したりしてゐる形のある大きさといふにすぎないものか、又それでゐて尙世界に於ける豐富な性質の總てに對して責任が果せるかどうかといふ裸の粒子の問題が斷乎として提起されて來た。古代原子論、ガリレイ、デカルト派思想家によつて類似の解答が常になされて來た。第十七世紀の、例へばホッブスの如き思想家は常に問題の壓迫を表明しその殆ど不可避な解決を示した。標準的な解法はボイルによつて發表され、ロックによつて完成された。物理的な面に壓倒的興味をもつボイルにあつて、精神的な面に大きな興味をもつロックにあつて、この緊急問題の第十七世紀の解法が判つきり識別される。

熟しつゝある思想の轉回のデカルトによる完成が古い原子論の時代より以上に完全な解法を第十七世紀に許した。有名なデカルト的分け方によると實在を延長を有する物質と非存在の思考する精神とに分けた。この嚴密さがそれ自身の問題を提起した、何故なら延長された物質と延長を有しない精神とは全く關聯をもたないやうに思はれた。例へば若し精神はいはば指をもつてゐないとすれば腕に沿つてどうして動く事が出來ようか？　併し考へる精神と延長せる物質との區別は、ボイルに示されロックに完成された極度に性質の尠い微粒子の構成から豐當に惠まれた世界を造り出すことについての第十七世紀の解法の重要事項であつた。

第五章　第一、第二性質

ヒッポクラテスは頭の手術をする外科醫に摩擦の熱で骨が燒けないように常に鋸を水に浸さねばならぬと注意した。テオプラストスは西紀前第四世紀に、發火器は月桂樹で作れ、心棒から火を擦り出すとき減り方が少いから、と忠告した。テオプラストスより少し前に、アリストテレスはその運動によつて木の中に火が生じるのは、飛道具が空中を飛ぶ間に熱せられる場合と同じく、攪拌運動が空氣を火に轉化させるのだと考へた。摩擦が常に哲學者をして熱を運動と結びつけて考へるようにしたものである。例へばソクラテスにとつてはそれ自身運動の一種である摩擦は火と暖かさの父であつた。

粒子による說明が支配的になつた時、當然摩擦或ば衝突の運動を微粒子の勵起運動に繼續せしめる事は避け難い事だつた。第十七世紀の始め原子を貶したものの、粒子による說明に據つたフランシス・ベーコン卿は熱は「小さい粒子」の擴散運動だとした。ボイルは、「大砲を製造してゐる」「技師」が見物人を招いて散ばつた破片を拾はせたら、彼等はその熱い金屬からあわてゝ手を離したのを見てゐた。穿孔の際の摩擦運動が、熱せられた破片中の入り亂れた微粒子の運動によつて繼續されたものとボイルは思つた。ボイルには細微物質に押し動かされて粒子が發熱運動に轉り込むのだと考へるのを躊躇した。ロハールの如くより深くデカルト主義を奉じるものは、自由に粒子の發熱運動の原因として細微物質や渦流運動を推論した。判つきりとした微粒子的機械論は摩擦による加熱、或は火の烈しい熱を內部の微粒子が熱せられて運動する物體によつて明確に說明した。「單に二つの物體を合せて烈しく擦り合せる」と火を發し「屢々自らを燒く」とロックは述べた。だから熱及び火を「燃燒する物質の目に見えぬ程微細な部分の烈しい運動」であると考へる理由があつた。微粒子論者の傳統的論旨によれば物體は內部微粒子の運動の烈しさの程度によつてその溫度に高低があるのであつた。

熱の感覺は物體內部の微粒子の運動ではなかつた。ボイルの考へた樣な亂雜な運動でも、ロハールが信じた樣な渦動でもなかつた。ラヴォアジエー（一七四三年——一七九四年）がベーコン、ボイル、ロックの意見に反對して熱の熱素による說明を擇んだ時に實際に認めた如く、物體の熱素は決して熱の感覺ではないのであつた。「感ぜられる熱さ」は、ラヴォアジエーによれば、熱素が周圍の物體から人の器官へと流れ込む場合に器官に與へる效果であつた。ラヴォアジエーは又この間の事情を「運動しなければ感覺なし」といふ格言に要約してゐる。物體の內部の微粒子の運動が假定されるとしても、或は熱素の運動が想定されるとしても共に物質的なものである。が、熱の感覺は精神的なものである。これがボイルやロックの、同時に又第十七世紀精神の多くのものの、結論であり、この結論はラヴォアジェーの意見であつた。「感ぜられる熱さ」の問題は色彩、音響其他微粒子そのものが持たない他の性質に於ても繰返された。ボイルやロックにとつて、精神に熱を感じることには微粒子の運動が物理的に相關するのであつた。感覺又は「理念」と微粒子との間に相關々係があるとすることは第十七世紀に魅力のある說明法を提供し流行させた。ボイルの『微粒子哲學による形相及質料の起源』（一六六六年——一六六七年）とロックの『人間悟性論』（一六九〇年）によつて物體の微粒子構造が精神に於ける感覺或は「理念」を說明するものとして相關させられた。

自然物の構成微粒子は、形態、大さ、更に運動或は靜止といふ「普遍的」な性質をもつのであつた。ボイルは時々「普遍的」の代りに「第一」と云ふ用語を使つたが、「第一性質」といふ言葉はロックによつて流行せしめられた。ボイルは微粒子の「不可入性」を「普遍的物質」の性質の中に入れてはゐたが、常にそれを主張したのではなかつた。ロックは正式に「塡充性」を粒子をも含む物質の性質の中に入れ、更に彼は常に「數量」をもそれに加へた。說明は延長された物質的微粒子或は粒子の形、大さ、運動、靜止といふ第一性質について最も力を入れた。

物質を粒碎することは更に微粒子の配合布置に極度に物理的性質を加へた。ボイルは物理的實在の微粒子的組織を加へ、ロックも又それを加へた。勿論彼は「位置」といふ言葉を使つたが。かかる微粒子的組織は眞實に實體內にあつて物理的に實在するものであつた。「微粒子配置」といふ便利な言葉は靜的な微粒子の配合と共にその運動をも含むものであつた。ボイルは常に靜的な意味合をもつて「組織」といふ語を使つたが、彼が熱の感覺と相關せしめて粒子の錯雜せる內部運動をいふ如く微粒子運動を含めてゐたのである。眞に物理的な實在性として微粒子構成を、形、大さ、運動、靜止といつた物理的に實在する第一性質に加へることは非常に說明力をもつた。

微粒子が集つて大きな實體となつたものは、その構成微粒子と同じく形及大さを持つのであつた。微粒子より構成された實體は又その構成微粒子と同じく、運動し或は靜止するものであつた。微粒子よりなる實體は又、色彩、香臭、音響、溫熱、冷寒その他、形、大さ、靜止、微粒子配置と異つた表面上の性質を持つた。ボイルは之等を通常「感覺的性質」と呼びたまに「第二性質」とも書いた。ロックは後者を採用し流行せしめた。この感覺的又は第二性質は種々の形をとり、大さをもち、動く微粒子の配置に相關させられた。原子論者は、その類似の說明に於て、原子より成る事物を說明するに綴られた文字に訴へたが、微粒子論者ボイルもそれを繰返した。若し「世界の全言語」に含まれてゐる「無限に多くの言葉」がアルファベット二十六文字のいくらかの種々な結合によるものとすれば、物體の微細部分の組合せ織りなしの「不思議な變化」が多數の「異つた性質」に相關させることは出來ぬか？　と彼は論じてゐる。併しそれには困難がある。何故ならこの言葉と綴りを異つた大さの種々な形をもつた、多樣な動き方をする微粒子又は粒子の色々な配合に關聯する性質と比較することは不調和な事項を除外し、尠くとも判つきり現はしてゐない。

例へば雪の中に白さがあるのではない。何故なら集められた微粒子の配合が白いのではない。雪はたゞ單なる微粒子そのもの、そしてその組織又は配合を包含してゐるだけである。微粒子の配合が白色でもなければ、感じられる熱さが現實の微粒子の渦動でもないのである。ボイルは、色、音、香といつた「感覺的性質」は、刺す痛みがピンにないのと同じく、自然物にあるのではないと主張した。洞窟は空虛であるから響き、鑢は小さい棘を一面につけてゐるからザラザラするのと同じく、雪は適當な微粒子の配合をもつてゐるから白いのである。ボイルやロックは、響が洞にあるのではないと同じく、自然物にあるのではなく、物理的に存在するのでない第二性質を古代原子論よりもすぐれた方法をもつて提起することが出來た。原子又は微粒子の集團は個々の原子又は微粒子の持たない性質を持つことが出來た。即ちアリストテレスが知つてゐたごとく、面は多くの面から成るのでもなければピラミットは多くのピラミットから出來てゐるのでもなく、ルクレティウスが書いた樣に笑ふ人は笑ひが集つて出來てゐるのでもないのである。ボイルやロックが認めた如く白色は多くの白色から成るものでもなく、香は匂の集りでもなく、このような第二性質は微粒子配合に相關するものであつた。かゝる第二性質は自然物にあるのではなく、知覺者の心にあるのである。それは心理的なものであつて物理的なものではないのであつた。更に事情を檢討することによつてこの結論は曖昧ではあつても自然に出て來たのである。

灼ける石炭によつて氷が溶けるのは熱い物體の性質ではなくその作用である。即ち石炭の熱せられた微粒子の渦動が運動を氷の粒子に傳へるのである。二つの自然物が觸合ふと一方の微粒子配合が他方の配合に作用し又は相方の微粒子配合が變化する。石炭の上で氷が液化されるとそこには新しい微粒子配合が出來たため新しい性質が生じるのである。ボイルは變化に於いて新性質が現れ舊い性質が消えることを强調した。

「鐵」が「鹽酸」の作用を受けると前者の「金屬性」粒子と後者の「鹽性」粒子が相互にそのもとの配置を變じて、新しい性質をもつた「新物體」を生じるといふのであつた。この微粒子的變化の明らかな考は可變性の判つきりした考を發展せしめた。小枝が水中で芽を出せばそれは水の可動微粒子が植物のより固い狀態へと凝縮したものであり、液體を煮沸し、或は激しく震盪することがその微粒子を押しつけ凝結せしめることによつて、水の微粒子も凝固して土となるのであつた。自然界の微粒子群は種々樣々な形、大さをもち運動をしながら、色々な配合の下に常に相互に打ち當り、押し合ひ、接着して居り、かくの如き微粒子の類別及び類別することは物理的實在であつた。第二性質は微粒子配合に相關はしたが、自然界に足場をもつてゐないから、心に宿つてゐるといふのであつた。（此章未完）

詩三篇

岡本潤

貨車

月夜でも、雨の夜でも、あたりの寢しづまつてゐる時刻に、ガードのうへなどを、機關車のゐない珠數つなぎの貨車だけがゴトゴトうごいてゐるのを見ると、首のない胴體の步行を聯想したりしてなんとなく不氣味だが、さてこれに類似した風景は、繁華な街の雜沓のなかにだつてざらにあるものだ。

食堂

くらふやつら血まなこ

はこぶをんな血まなこ
こつくたちも血まなこ
くわいけいも血まなこ

壮　行

——すごいひとだね
——山登りの連中かな
——そればつかでもあるまいが
——これぢや入場券賣らんのも無理ないよ
——おやおや　綱を張つてるぞ
——うまく腰かけられるかな
——かうなりやどつちみち同じさ
——ぢや失敬！　病氣をするな

思ふといふ事

河原崎長十郎

今は科學萬能、組織萬能の時代である。

大政翼贊會が生れて、下意上達の精神のもとに、末は隣組に至るまで、社會の全機構が組織立てられ、科學的整理が行はれてゐる時代で、これは誠に結構な事、かうならなければならない事である。

私は前進座の創立當初、最近でも、時折街を車で走り乍ら、ふと往來をはげしく行き來する人をながめ乍ら、こんな事を考へる。――つまり、この人達が思ふ事、これが社會の現象だ――と。

人間社會と稱し、建物を建て、交通をしき、商業を營み、文化を創造する、政治、經濟がそれを支配する、云々の諸現象が社會全機構の總體であり、その爲の新しい組織活動も必要なのであるが、煎じ詰めた所そこに生きる人間が、かう思ふ、その思ふと云ふところに、重要な、一焦點が結ばれてゐる、これを度外視しては、如何なる機構も、無生命な、デクノ坊とならざるを得ないのである。

私達、演劇界の中を考へても、歌舞伎の藝術、その文化には、多く學ぶべきものを持ちながらも、その制度に於て、うなづかれないものが多く、十年前に、歌舞伎の世界を去らうと考へた。即ち、思つたのである。そこで前進座は生れた。

當時、歌舞伎の中が、あまりに、身分制度がはげしかつた爲、前進座は、總會主義を掲げたのであつた。私達は馴れない劇團の經營に、宣傳に、又舞臺の上でも、大役を背負つて、今までの二十四時間を二倍にも、三倍にも使はうとしたのであつた。今から考へれば面白い、笑ひ話しであるが、十時頃、芝居をはねると總會である。問題は、例へば、來月の興行をどうするか等は未だ良いとして、今日、彼が、こんな事を云つた、誤解を解く爲めに聞いて欲しい、とか、ついには、彼の家では、一等米を食つてゐるが、俺の所では、三等米だ、などの話さへ出て來た。そして次の日に、又箸が轉んだと云つて總會と云ふ樣な、反對現象で、皆は、いやが上にも、ヒポコンデリーにならざるを得なかつた。

色々の經驗がつんで、今日、比較的無駄もなく、組織もとゝのふ樣になつたものの組織倒れの期間は相當長かつたのである。

私は芝居の世界でも實生活の世界でも、如何に組織が大切か、それが科學的基礎に整理されなければならないか、それを痛感する一人であるが、その優れた組織活動も要は、人間の心のおもむく所を組織付けて行く爲めの要點を忘れてはならないのではあるまいか。

例へば、近頃、市井の生活では主客顛倒した所がある。事變以來には、タクシーの運轉手は一人の客の廻りに集つて客を奪ひ合ひ、各商店は競ひ合つて品物を宣傳し客を爭つた。所が今日では全く反對である。車に乘るにも、菓子一つ買ふにも、たのまなければ、その店員は良い顔をしてくれない事が多い。

人の事はさておき、芝居の切符でも、大入りとなると、觀客の方で、場所は何處でも良いからお願ひすると云ふ事になつて來る。私などもよく座の經營、宣傳部、或ひは座外の劇場表方へもその意を傳へるのであるが、かつて是非見て頂きたいと足を運んだ劇場側は、客が多くなつたからと云つて賣らなくても困らないと云ふ精神はよろしくない。

やはり、見たいと云ふ欲求、見せたいと云ふ氣持、買はうと云ふ意志と、買はせると云ふ親切、そこにこそ、社會を良くし、國を强固にする人間の眞の强固さが、確實さがありはしないかと思ふのである。

科學する心も良からうし、隣組の組織も必要だらうが、要はこの社會生活上の親切な心を養ひ、仕事を高めて行かうと思ふ、その思ふ所への組織活動でなければならないのである。

劇團の組織は、全員が一致して良い芝居を作ると思ふ事の土臺を作るものであり、一國の組織活動は、良い國家建設への温い心の結びつきでなければならない。その爲の、下は隣組に至るまでの活動でなければならない。と同時に、思つてもそこを押し切らなければならない場合もある。これらは組織活動の難しい所であらう。

ある警告

グンドルフは、彼の「シェイクスピアと獨逸精神」の中で、レッシング以前のドイツ文學が、その合理主義的性格の故にいかにシェイクスピアの創造的性格を理解し得なかつたかをかいてゐる。さういふ對蹠的な二つの性格の持つ「原理的な相違は、シェイクスピアにとつては現實が常に新たな、計量すべからざる諸存在の無限の泉であり、『昂揚せる諸形態となつて滔々と流れる』海であるが、一切の合理主義にとつては、その最も豐かなものにとつても、現實は限られた、見透し得べき數の知的可能性の、測量しうべき、限られた集合場である」といふべきであらうし、從つて、その對立から當然考へられる類型は「計算しうべきもの、常に繰返されるもの、理性に從つて確立しうべきものであり、個體は新しいもの、未だ曾て存在しなかつたもの、再來しないもの」でなければならない。シェイクスピアの個體に、更に古代の**全體**に類型をみる、といふ眼に對してグンドルフは「**全體**は古代に於てこそ個體的なものである。ギリシャの類型性も體驗の總括的な單純化された形式から來てゐる、それはモヌメンタールな象徴化である。所が合理主義の類型性は一切を既知の大きさに轉化しやうとする數學的要求から來てゐる。つまり、ギリシャ人とシェイクスピアの描いた性格は總て象徴であり、合理主義の寫した性格は總て寓意である」と云つてゐる。

われわれの周圍の文學も、今日、きはめて高度な創造性を要求されてゐるが、そこに至つて性急な要求があつて、それが創造的性格を求めるよりもかへつて合理主義的性格を求める結果になるのではないかといふ事を懸念するものはおそらく僕ばかりではないとおもふ。豫め計量された幾つかの條件を合理的に配置して作られる國民文學などといふものは極めて非創造的なものとなり、日本文學の伸展を妨げるばかりか、民族的志氣の昂揚をも阻害するであらう。グンドルフに或る警告をみた所以である。（原田勇）

山村通信

原伊市

　昭和十六年三月十二日、法律第六十七號に依る蠶糸業統制法に定められた如く、今年度夏蠶からは、蠶種は一切統制會社の手を經て、養蠶家に配給される事になつた。私は四月から百戸ほどの部落の――內養蠶家六十七戸――實行組合長にされて、恰かもこの統制法に依る養蠶業再出發の繁雜な事務を背負ひこむ仕儀となつた。

　最近の勞力不足は、年毎に加はり、それ故實行組合長などと云ふやゝこしい役は、皆あまりやりたがらない。私もどうか推薦されないやうにと、會合にも老父に出て貰つたのだが、それでもつひつかまつて了つた。所詮は誰かゞやらなくてはならない事故、觀念して受ける事にしたのである。

　まづ、四月下旬迄に蠶種の豫約注文を、各養蠶家から申告せしめるやうにとの事、これは、品種、瓦量、掃立期日、希望蠶種家等を書き出させ、これに依つて縣當局は蠶種家に所定數量の製造を依囑するのだと云ふ。私の仕事は部落中のそれを集計し、各項目を記入して村支部へ報告しなくてはならないのであつた。この地方の農家の、蠶に對する經濟上の比重の大きさから、これは實行組合としては今迄にない責任のある仕事と思はれ、氣持の負擔をまぬがれない。

　しかして養蠶家にとつては、統制上の必要に依り、瓦量の外は、品種、期日等、申込み通りになるかどうかもわからないとされ、その上、桑の發芽も見ないうちから瓦量を定めねばならず、これまでのやうに、糸質と蟲の强健さとを考慮に入れて――糸質のいゝのは蟲が弱く、違蠶のおそれがある――希望の品種を、桑の成育狀態を調べてから適當と思はれる數量丈、養ひ馴れた蠶種家へ自由に注文するのに較べて、甚だしく勝手がちがふのである。

　一方かゝる統制に佐つて合理化される面は、養蠶家の注文量丈蠶種を造ればいゝ事になり、種不足、乃至は過剩がなくなり、更に品種の整理に依つて、糸質の統一を計る事が出來、又出荷期日も各地方に依つてほゞ一定する事が可能となるわけである。

　是らの事柄は一見してわかるやうに、蠶種家、製糸家にとつて好都合であつて、養蠶家の場合は、先に書いたやうに、桑の成育狀況もわからないうちから瓦量を決定する事などの爲に、愈々掃立となつてから、各自の蠶種の過不足を見る懸念があるのである。現に去る五月十五日朝の霜害の爲に漸く一寸足らず發芽した桑は、大部分黑く焦げ、もはや注文も濟ました後の事とて、いさゝか百姓に蠶種過剩を憂へしめるのであつた。一瓦二十二錢の種は、吾々としては些少な金額ではないからだ。もつとも不足の場合を考慮して、注文量の二割は餘分に製造すると云はれ、この方は融通性をもつてゐる。掃立て期日は迫つて確定するやうとの事で、桑の成育狀態への對策もなされてゐるのではあるけれども。

右は蠶種の豫約に就いて、百姓の立ち場から述べたものである。因みに私の部落は僅かな春蠶を除いて、夏秋蠶種約八千瓦の注文で、一瓦當四百五十瓦の割と見て、三千六百貫の收繭となり、一戸平均五十四貫足らずとなるわけである。

統制會社の株は十六株割當てとなり、之は年四分の配當を保證されてゐると聞く。部落では皆消化した。その後新聞の報ずる所に依れば、社長は片倉財閥の總帥今井五介氏に決つた。やはりさう云ふ事になるのであらうと百姓はうなづき合つた。

繭價は掛目六十と定められ——昨年は平均七十五位ひにはなつた——普通十四糸と見て——繭一貫に對し糸量百四十匁——一貫の繭が八圓四十錢程になるわけである。昨年に較べて大分安いと云ふのが養蠶家の感想である。だがこれはもはや動かしがたいとされ、養蠶家としては、生産費の低下をはかる以外には採算を上昇せしめる手段はない事になり、一方繭價は安定——これは洒落ではない——した事から、自家の生産費と睨み合はせて設計する事が出來る。不利だと思へば桑園を廢して他の作物を栽培すればいゝ、食糧增産になるであらう。現下の食糧問題の要請するところ、當局の狙ひは茲にあるわけである。巧みに施策されてゐると見る事が出來やう。

先日、村の製糸組合長をしてゐる友人に逢つて、彼の云ふ所を聞くと、製糸家の場合は、加工費が一梱二百九十圓と認定されしかして實際は百九十圓裡で上がる。大分利益を擧げ得られるのだとの事、ヘヱさう云ふもんかいと私はおどろいた。

更に彼の云ふ所を聞くと、蠶種の注文をまとめたり、代金を集めたり、實行組合長の仕事は蠶種家への奉仕見たいなもんだぜとのことで、迂濶な實行組合長は、甚だ面目ない思ひをしたわけであつた。さもあらばあれ、私は天氣のいゝ日は野良仕事に追はれ、雨天で休むと本も讀めずに、通牒を配つたり、集めた書類を整理したりした先日のやゝこしい仕事を思ひ返して、救はれない氣持にさせられたのであつた。何でも蠶種家組合で、縣當局へ實行組合をして、速かに豫約をまとめしめるやう要望したのださうだ。つまり「運動」と云ふ言葉にあてはまる。「百姓より種屋の方が一枚上だな」と彼は笑つてゐた。私は返す言葉もなかつた次第である。

もはや苗代で苗は延びるし、羊舍では羊共が若草の味を覺えて、容赦なく食欲を訴へて啼くし、あぜ塗り、代播きをして、食糧增産への努力、乏しい肥料を有效に施すべく、設計もせねばならず、稗播きもも早やしゆんだと聞かされるし、かくばかり時間の餘裕を失なつては全くもう文化も娛樂もこの所百姓には無緣の存在である外はない日日である。—十六年六月—

附記　その後の傳聞に依ると、蠶種の瓦量も割り當てになるとの事である。したがつて掃立て瓦量も統制される事となるわけである。多分希望數量に按分すると云ふ風なのであらうか。

章句

金子光晴

私は、うまれつき骨なしなんです。
私は骨のある先生をからかひに
うまれて來たといふわけです。

私の浮渣《あぶく》、愚にもつかない詩も、
幸ひ、骨がございません。

私が眠る墓の下にも、私の骨はありません。
それも、澤山な骨先生達をからかふためです。

地獄の機械　——戯曲

ジャン・コクトウ作
中野秀人譯

第二幕

エディポスとスフィンクスの會見。

聲

觀客よ、吾々がたつたいま、お目にかけたところの詳細を再び呼び起し、それを何處でゞも生かす事が出來ると想像しませう。ルイスの幽靈が、テオベの城壁の上でジョカスタに警告しようとしてゐる間に、スフィンクスとエディポスとは街を見下してゐる丘の上で會つた。ラッパが鳴る、月、星、鷄が前と同じ様にときを作つてゐる。

情景

テオベを見下す月光に照らされた丘の上の荒涼たる所、テオベへの道（右から左へ）前景を横切る。それは高く傾いてゐる石を廻つてゐて、その土臺は舞臺の一番低い端に据えられ、右翼を支へてゐるかの様な印象を與へる。小さな寺の廢墟の後に破れた壁がある。壁の眞中に寺への入口を示す完全な臺座が立つてゐて、鷄飾の後を殘す。すなはち翼、脚、納腰、等。壊れたり、引つくり返つたりした圓柱。死の神と復讐の女神のゐる暗がりからは、役者達がその會話を朗讀し、ジヤッカルの頭をして死んでゆく女の役は、女優がこれを演ずる。

×　×　×

カーテンが上ると白い着物の女が廢墟のなかに座つてゐる、ジヤッカルの頭が彼女の膝に乘つてゐて、その身體の部分は彼女の後に匿されてゐる、遠くラッパが鳴る。

スフインクス 聞きなさい！

ジヤツカル え？

スフインクス あれが最後のラッパです、私達は自由になつたんです。

アニバスが起上る、そうするとジヤッカルの頭は彼のものだつた事が判る。

ジヤツカル（即ちアニバス） それは最初のだよ、門が閉まる前にもう二回。

スフインクス 最後です、きつとそれが最後なんです。

アニバス 貴女は門が閉まればいゝと思つてゐるからそう云ふが、私は義務としてあなたに逆はねばならん、吾々はまだ自由ではない、あれは最初のラッパだつたのだ、吾々は待たねばならん。

スフインクス 私は聞き違へたのかも知れないが、しかし……

アニバス 聞き違へたかも知れんて！ 成程あなたは……

スフインクス アニバス！

アニバス スフインクス！

スフインクス 私は殺すのはもう澤山です、こんなにもどつさり死を扱つてきた。

アニバス 吾々は從はねばならん。神秘のなかにも神秘があり、神の上にも神がある。吾々には吾々の神があるが彼等にも彼等の神がある。それが、無限と呼ばれるところのものだ。

スフインクス ね、アニバス、ラッパの音はぴつたりと止んでしまつた。間違えたのはあなたなんです、行きませう……

アニバス あなたは、今晩、死を見ないで濟ませ度いと言ふんですね？

スクインクス さうです！ 全く、その通り！ もうすつかり遅くなつたのですが、それでもまだ、誰か來さうな氣がして身體が震へます。

アニバス あなたは感傷的になつてきましたね。

スフインクス 餘計なお世話。

アニバス 憤りなさんな。

スフインクス なぜ吾々は、いつでも、目的もなく、終りもなく、理解もなく、同じことを繰返してゐるんです？ たとへば、なぜあなたは犬の頭をしてゐなければならないんです？ なぜ、死の神は人々の迷信によつて與へられた姿をしてゐなければならないんです？ なぜ、吾々はギリシヤでエジプトの神を持たなければならないんです？ そして、なぜ犬の頭を？

アニバス そいつは素的だ、あなたは質問を發しはじめると、まつたく女のやうですよ。

スフインクス それは、返答じやない！

アニバス うん、私の返答はかうだ。論理は、彼等が想像するところの姿に於て、彼等の前に現れることを、吾々に要求するのだ。さもなければ、彼等は空虚を見るだけだ。そのうへ、エジプトも、ギリシヤも、死も、過去も未來も、吾々には何の意味もありやしない。それから、なぜ私がこんな顔をしてゐなけりやならないか、あなたは御存じの筈だ。最後に、吾々の主人達が、私にこんな非人間的な姿を與へ、氣を顚倒させない要心をしたといふことは、全く賢慮の至りと言はなければならん。私はあなたの監視者ですよ。よく覺えて置きなさい！ もしも、彼等があなたに單なる番犬を付けてゐたとしたなら、大方今頃は、吾々はテオべに乘り込んでゐるだらうし、私は革紐につながれ、あなたは若い大勢の男達の前に立つてゐることだらう。

スフインクス なんて馬鹿らしい！

アニバス では、お前さんの女姿に觸れて、石を淸めた雫に等しい犧牲者達のことを思ひ出して御覽、その一つ一つの雫が、助けを求める口となつて落ちていつたんだ。

スフインクス それはさうかも知れません、だが神の計算といふものは、計り知れない……いま、こゝで、殺す、いま、死者は全く死んでしまふ。私は、こゝで、殺す！

スフインクスが下を見て話してゐる間に、アニバスは耳をそばだて、あたりを見廻す、そして廢墟の上を靜に歩いていつて見えなくなる。スフインクスは瞳を上げると、アニバスを探して、舞臺下手右からはいつてくる人々の小さい一群を見つける。その一群をアニバスは嗅ぎ出してゐたのだ。テオべの主婦と、その男の子と女の子。主婦は彼女の娘の手を引張つてゐる。男の子は先に立つて歩く。

主婦 何處へ行くの？ さつさと歩きなさいよ！ 後なんか見なくてもいゝの！ 妹にかまひなさんな！ 行きなさいよ……（男の子がスフインクスに躓きかゝるのを見て）氣をつけなさいよ！ だから言はない事じやない！ あゝ、どうも濟みませんでした、貴女……まるで、足もとを見ないんですからね……お怪我はありませんでしたかしら？

スフインクス いえ、ちつとも、奥さん。

主婦 こんな時間に、人に會はうなんて思ひがけませんでしたよ。

スフインクス 私は、テオべには全く長くゐなかつたものだから、勝手が判らないのですよ。私は、田舍にゐる親類のところに行かうと思つて、道に迷つてしまつたんです。

主婦　まあ、お氣の毒な、それで御親類はどちらにお住ひです。

スフィンクス　十二里塚の近く……

主婦　それなら、私が來たところです！　私は、親類の、實は兄のところでお晝に呼ばれたんです。ところが、晩飯まで御馳走になつてしまつて、さて、今度は、くだらないことをお饒舌りしてゐる間に、時間を忘れてしまつたんですよ。だから、今時分、半分眠りこけてゐる餓鬼を連れて、日が暮れてしまつてから家に歸らなければならないんです。

スフィンクス　お休みない、奥さん。

主婦　お休みなさい。（行きかゝつて）ときに、道草を喰ひなさんな。私はあなた達の遣り方は知つてますよ、私だつて別に怖いことはありません……だが、私があなただつたら、防壁の内側に達するまでは、餘り大膽に振舞ひませんね。

スフィンクス　泥棒が怖いんですか？

主婦　泥棒！　一體、私が何を持つてゐるといふんです！そんなことじやありませんよ！　あなたは何處から來たんです？　街からではないことが、一見して判ります。泥棒！　まつたくね、私はスフィンクスのことを言つてゐるんです！

スフィンクス　奥さん、あなたは、實際、眞面目に、本氣になつて、そんな馬鹿氣たことを信じてゐるんですか？

主婦　馬鹿氣たことですつて！　あなたは若い、今日の若い人達は何も信じないんだから。ええ、本當ですとも、だから災難が降つて湧くんです。スフィンクスにかゝり合ひなさんな、私は、私の家族からの一例を聞かせてあげませう……私がたつたいま別れて來た兄の……（彼女は座り込み、聲を低める）兄は、北部の出の美しい背の高い金髮の女と結婚しました。ある晩、彼が目覺めてみると、何を發見したとお思ひです？　彼の妻は、頭も内臟もなくつて床のなかにゐたんです。吸血鬼だつたんです。その次の晩から私の兄がどうしたとお思ひです。即座に、彼は、卵を持つてきて、妻の頭の乘つかつてゐた枕の上に置いたのです。それが、吸血鬼がもとの身體に戻つてくるのを防げる唯一の方法ですからね。すると、突然、彼は呻き聲を聞きました。それは、部屋を氣狂ひのやうになつて駈け廻つてゐる頭と内臟だつたのです。そして、卵を取りのけて呉れと頼みました。兄は承知をしません、それで、呻き聲に怒りに變り、怒りは涙に變り、涙は接吻に變りました。手短に話しますと、私の馬鹿な兄は卵を取りのけてやり、妻をもとの身體に戻るのを許してしまつたのです。今では、彼は、彼の妻が吸血鬼だといふことを知つてゐます。それで、私の息子達は伯父さんのことを馬鹿にするのです。みんなの意見では兄は、その妻が、實際に夜こつそりと忍びでては歸つてくるのを許し、自分にも愧ぢ、臆病なもんだから、その事實を吸血鬼物語に置代へてしまつたんだといふやうにきめてしまつてゐるのです。しかし、私だけは、彼女が吸血鬼だといふことを信じて疑ひません。……そして、私の息子達は、下界からの惡魔とも結婚しかねないのです。みんな聞き分けがなくて、不信心だからです。スフインクスにしても同じこと——あなたの愛情を害なつたら御免なさい、だがそれは、私の息子や、それを信じない貴女達には丁度あり勝ちな話です。

スフインクス　あなたの息子……？

主婦　いまあなたのところに飛び込んだその小さい餓鬼じやありません。私の十七になる男の子のことで……

スフインクス　何人もお子さんが、おありですか？

主婦　四人ゐました。いまでは三人だけです。七つになるのと、十六と十七のと。あの惡い獸が現れてからこのかた、もうもう家の中は滅茶苦茶ですよ。

スフインクス　息子さん達が喧嘩でも……？

主婦　いえ、ね、もうおなじ屋根の下に棲むのは堪りませんよ。十六になる子は、ただもう政治に熱中するばかりです。彼の說によると、スフインクスは、貧乏人を嚇かしたり壓へつけたりする妖怪なんです。昔はそんなスフインクスみたいなものがゐたかも知れんさ——それは、みんな息子の言ふことですがね——然し、いまでは、生きちやゐない、生きてゐるとすれば、坊主の守神か、政治のための道具に過ぎないんだ。大衆を搾取して、踏み躙つて、恐怖させて、それをみんなスフインクスにおつ被せてしまふのです。吾々みんなが餓死しなければならなかつたり、物價があがつたり、掠奪者が群をなして國の隅々まで押し廻るのは、一體誰の罪なんですか？　勿論スフインクスのせいです。商賣がうまく行かないのも政府が弱くて、政變ばかり繰返してゐるのに、母親や女房が生活の必需品にさへ窮乏してゐるのも、お寺は金持の供物で一杯になつてゐるのも、お金を使ふ外國人が都を去つてゆくのも、みんなスフインクスのお蔭なんだ……まつたく、あの子を貴女に見せ度い位ひですよ、テーブルの上に立ち上つて、叫んで、腕を振廻して、足踏みをして、すべてさうしたことに責任あるものを彈劾するんです。革命を鼓吹して、無政府主義を植ゑつけて、もし聞かれでもしたらみんな縛り首にあふやうな酷いことを、あらん限りの聲で吹鳴り續けるんです。まあ、こゝだけの話ですが、お孃さん……ね、……私の考へでは、スフィンクスはゐるにきまつてゐますよ。だが、それを種にしてゐる惡い人も大勢あるんです。それに異ひありませんよ。私達が望んでゐるのは、男です、本當の執政官です！

スフィンクス　で、あなたの若い執政官のもひとりの息子さんは？

主婦　あゝ、これがまた、とんでもない旋毛曲りですよ！　彼は、兄が嫌ひ、私も嫌ひ、神樣も嫌ひ、なんでもかでも嫌ひ抜くといふ始末なんです。一體全體、何處からその變な考へを仕入れてくるのか判つたものじやありません。ね、かうなんです、もしもスフィンクスが單に殺したくつて殺すんなら面白いが、このいま言つたやうなスフィンクスは、託宣と何か連絡があるし、それでちつとも興味がないと言ふんです。

スフィンクス　で、あなたの四番目の息子さんは？　それは、いつでした……？

主婦　私は彼をかれこれ一年ほど前に亡くしました。丁度十九でした。

スフィンクス　お氣の毒な……どうして亡くなられたのです？

主婦　スフィンクス。

スフィンクス　（陰鬱に）まあ！

主婦　弟は、彼が警察の陰謀の犠牲となつたんだと主張してゐるのですが……だが、さうじやないんです！　間違ひありませんよ、あれはスフィンクスに殺されたんです。あゝ、かりに私が、百歳まで生きたとしても、あのときの有樣は忘れやしません。ある朝（彼はその夜は家にゐなかつたんです）、私は彼のノックする音を聞いたやうに思ひました。私が戸を開けると、どうでせう、可哀さうに、彼の小さな足の裏が。それから、ずつと遠く離れて、まるで遠いところに彼の顏が、人々が彼を擔架に乘せて來たのです。彼の首の後のところに——ね、丁度ここのところに——大きな傷があつて、血はもう乾きかけてゐました。私は飛び出して行つたのですが、眞暗な氣がして氣絶してしまひました。あゝ……あんな打擊からは、容易な事では、恢復するものではありません、あなたはテオべからお出でなくて幸せです、兄弟をお持ちでなければ尙更です……あなたは運がよい……私のもひとりの息子、雄辯家は、彼の復讐をしやうといふのです。だが、それが何になります？　彼は、坊さんを憎んでゐるんです、そして、私のあの可哀さうな息子は、人間供物の一人にあげられてゐたのです。

スフィンクス　人間供物ですつて？

主婦　その通りです。スフィンクスが現れた最初の一月といふものは、死屍を晒した立派な若者達の復讐をしやうといふので、兵隊達が出かけて行きましたが、いつも空手で歸つてきました。それから、スフィンクスは何處にも見つからないのです。それから、スフィンクスが謎を尋ねるといふ噂が立つたものだから、學校の生徒達がその犠牲になり始めました。すると、今度は、坊さん達が、スフィンクスは人間供物を要求するのだと言ひ出しました。それで、一番若いのや、一番弱いのや、一番美しいのやが、選ばれたわけです。

スフィンクス　まあ、まあ！

主婦　ね、そんな理でせう、われわれは實力のある大人物を求めてゐるのです。ジョカスタ女王はまだ若い、遠くから見ると二十九か三十位ひにしか見えません。私達が願つてゐるのは、天上から支配者が飛び下りてくることです。そして彼女と結婚して、怪物を殺してしまふことです。誰かが、この頽廢を喰止めて、クレオンとテレジヤを監禁してしまふことです。國の財政を革新して、人々をその苦しみから救はなければなりません。誰でもいいから、人民のために計り、私達を救ひ、さうです、私達を……

息子　母ちゃん！

主婦　しつ！

息子　母ちゃん……ねえ、母ちゃん、スフィンクスつてどんな顏をしてるの？

主婦　知りませんよ。（スフィンクスに）で、最近の有様をどうお思ひになります？　スフィンクスに殺された人々の記念碑を造らうといふので、私達から最後の一厘まで絞りあげようといふのです！　それで死んだ者が生き返りますか？　まつたく知り度いもんですね。

息子　母ちゃん……スフィンクスつてどんなの？

スフィンクス　まあ、可愛い坊つちゃん、妹さんは寢てしまつて、こつちへいらつしやい……（息子はスフィンクスの裾にまつはる）

主婦　また、御婦人の邪魔をするんじやないよ。

スフィンクス　いえ、結構ですよ。（男の子の首を撫でる）

息子　ねえ、母ちゃん、この方がスフィンクスなの？

主婦　お馬鹿さん、（スフィンクスに）ね、お氣にかけないで下さい。この歳位ひの子供達ときたら、自分で何を言つてゐるか判らないのです……（立上つて）やつと、さあ！（腕のなかで眠つてゐる女の兒を抱きあげる）さあ歩いた、歩いた！　行きますよ、小ちびさん達！

息子　母ちゃん、この方がスフィンクスなの？　ねえ、母ちやん、この婦人がスフィンクスなの？　母ちやん、この人がスフィンクス？

主婦　しいつ！　馬鹿なことを言ひなさんな。（スフィンクスに）それでは、今晩は、御免なさい、お饒舌りをして、でもお蔭で一休み出來ました……で……氣をお付けなさい。（喇叭吹奏）早く、第二の喇叭が鳴りました。第三が鳴つたら、もうなかには入れませんよ。

スフィンクス　行きなさい、早く、私は私の道を急ぎます。そして仰有るやうに警戒しますよ。

主婦　ほんとですよ、この怪物を除くことの出來る人が現れるまでは、安心してはゐられません。

彼女は左手に去る。

息子の聲　ねえ、母ちやん、スフィンクスつてどんなの？　どうしてあの女の人じやないの？　では、どんなの？

スフィンクス　怪物！

アニバス　（廢墟のなかから出て來る）　あの女は、いま時分、丁度こゝを通るやうに出來てゐたのだ。

スフィンクス　私は過去二日間といふものは、まつたく不幸でした。この二日間、私はこの殺戮が終りになればいいといふ一縷の望みを抱いて、さ迷ひつづけたのです。

アニバス　心配しなさんな、萬事異狀なしだ。

スフィンクス　ねえ、聞いて。私の本當の願ひは、私が臺座に座る最後の回がやつてくることなんです。若い男が岡に登つてくる、私は彼と戀に落ちる、彼は何も恐れない、そして、私が謎を尋ねると、みんな答へてしまふ。彼は、答へを與へるのです！　アニバス、聞いてゐるの、私は死んで倒れる。

アニバス　やり損ひなさんな。だが、死んで倒れるのは、あなたの肉體だけだ。

スフィンクス　私が、彼を幸福にして、生き度いと思ふのは、この姿でなんです！

アニバス　人間の姿は、偉い女神を、可愛い女にしないから宜いんだ。

スフィンクス　やつぱり私の方が確かだつた。いま聞いた喇叭が最後だつたんです！

アニバス　人の兒、女！　際限ない民。異ふ、異ふつて言つたら！（アニバス、彼女の側を離れ、倒れた圓柱の上に登る）あれは、第二のだつたんだ。私が第三のを聞いたなら、あなたは行つても宜い。あつ！

スフィンクス　何です？

アニバス　悪い報らせ。

スフィンクス　誰か來るの？

アニバス　その通り。

スフィンクス立上り、アニバスの側から、舞臺右手を望む。

スフインクス　出來ない！　出來ない！　私はこの若者に質問するのは嫌なんです！　私に強ひないで下さい！

アニバス　ふん。あなたが若い人間のやうなら、彼は若い神のやうだ。

スフインクス　何て立派なんだらう、アニバス、何ていふ肩付！　やつて來る！

アニバス　私は匿れるよ、自分がスフインクスだといふことを忘れなさんな、私は見張つてゐるからね、合圖をしたら出て行くからね。

スフインクス　アニバス、ねえ……聞いて……早く……

アニバス　しつ！……そこに、來た。（匿れる）

エディポス、舞臺右手から、地面を見つめながらはいつて來る、突然、びつくりして立停る。

エディポス　おゝ！　これは失禮……

スフインクス　びつくりなさいましたか？

エディポス　なに……いや……夢を見てゐたのです。私はまるで別世界のことを、と、突然、私の前に……

スフインクス　私が動物に見えたんでせう。

エディポス　殆ど。

スフインクス　殆ど？　殆ど動物、それじやスフインクスです。

エディポス　えゝ、知つてますよ。

スフインクス　あなたは、私がスフインクスだと仰言るんですね、どうも有難う。

エディポス　あゝ、でも、すぐに間違ひだと判りましたよ。

スフインクス　どうも御親切様、本當のことを言へば、お若いんだから、突然スフインクスと顔を突合はせたんじや、餘り宜い氣持はしませんね。

エディポス　あなたにしても、若い娘さんだから？

スフインクス　彼は、女を襲つたりはしませんよ。

エディポス　なぜなら、女は避けて通るし、日が暮れてから一人で出歩くやうなことにはなつてゐませんからね。

スフインクス　あなたは、他人のお世話を燒かなくても宜いんです。さあ、お若い方、あたしは、勝手に行きますよ。

エディポス　どちらへ？

スフインクス　あなたには驚きますね、私が、あかの他人に、どうしてこんなところに出かけてきたかといふことを、說明するとお思ひですか？

エディポス　もしも、私がその理由を當てたとしたら？

スフインクス　これは驚いた。

エディポス　あなたは好奇心に驅られて來たんじやないですか？　いま時の若い女がみんな持つてゐる好奇心、スフィンクス知りたさで一杯な好奇心、爪があるだらうか、嘴は、翼は、虎のやうだらうか、それとも兀鷹みたいか知らん、などといふ……

スフィンクス あゝ！ それから？

エディポス スフィンクスこそ當代の元兇、誰か見たものがあるか。ない。法外の報償が、最初にスフィンクスを發見したものに懸けられてゐるのだ。胸はおののく、若者達は死んでゆく……だが、女の子だつて、法を侵し、立入り禁止の場所に忍び込み、大の男さへ憚るところをその怪物の寢所を襲ひ、地上に引張り出し、一目見てやらうといふ寸法に出ないとは限らない！

スフィンクス とんでもない間違ひですよ、本當に。私は田舍にゐる親戚のところに戻らうとしてゐたのですよ、ところがスフィンクスの存在さへ、また、テオベの郊外は危險だといふことさへも忘れてしまつてゐたものだから、この廢墟の石の上で、一寸と休んでゐたのです。それはまつたく、あなたの感違ひです。

エディポス それは殘念だ！ 私は、今日この頃人が溝の水のやうに澱みきつてゐるので、何かあり得べからざることを望んでゐたのだ。これは、とんだ失禮。

スフィンクス お休みなさい！

エディポス お休みなさい！（彼等は行きちがふ、だが、エディポスは振返り）ねえ、君、どうも失敬。だが、悪くとつちや困るが、私にはどうも合點が行かないのだ。あなたが、その廢墟のなかにゐるといふことが、とても氣になつて仕方がないんだ。

スフィンクス あなたには困つたものですね。

エディポス なぜつて、もしもあなたが他の女の子のやうだつたら、もう一目散に走り出してしまつてゐるにきまつてゐるんだ。

スフィンクス まあ、お若い方、あなたは仕様のない人ですね。

エディポス 女の子が、堂々たる私の競爭者なんで、驚き入りましたよ。

スフィンクス 競爭者？ それでは、あなたはスフィンクスを探してゐるんですね？

エディポス 探してゐるつて？ 實際のところはね、私はまる一ヶ月歩き續けてゐるんだ。多分その故で、たつたいまひどく不作法だつたんです。私は、テオベに近づくに從つて、すつかり張り切つてしまつて、單なる石を見ただけでも叫び出し度い位でしたよ。ところが石の代りに、白衣の女が途上に立つてゐる、私の情熱、どうして私の心を占めてゐる一つことを彼女に呼びかけ、彼女もその仲間にしないで居られませうか。

スフィンクス だが、たしかに、今しがた、あなたが蔭から跳び出して私を見られたときには、敵と力を爭はうといふ人としては、餘り油斷なくは見えませんでしたね。

エデイポス　それは本當だ。私が有名にあこがれて、夢を見てゐる間に、例の獸が不意に私を取捉まへてしまふかも知れん。明日、テオベに行つて支度して、それからスフインクス狩りに出かけるんだ。

スフインクス　あなたは有名がお好きですか？

エデイポス　私には、よくわからんが、兎に角、廣場、群衆、喇叭の音、飜へる旗、さやぐ椰子の葉、太陽、金だの紫、幸福、幸運……つまり、その、生きることが好きなんだ！

スフインクス　それがあなたの仰有る生活なんですか？

エデイポス　異ふかね？

スフインクス　ええ、私は、それとは全く異つた考へを持つてゐますね。

エデイポス　どんな？

スフインクス　愛すること、つまりあなたが愛する人によつて愛されること。

エデイポス　私は私の民を愛する、そして彼等もまた私を。

スフインクス　街の廣場は、家庭にはなりません。

エデイポス　そんなことはどうでも宜いのだ。テオベの民は、男のなかの男を探してゐる。もしも私がスフインクスを殺したなら、私がその男なんだ。ジョカスタ女王は寡婦だ、私は彼女と結婚する……

スフインクス　あなたのお母さんであつても宜いやうな女と！

エデイポス　ところが、相憎く私のお母さんじやないんだ。

スフインクス　あなたは、女王及びその人民達が、最初の出現者を迎へると思ひますか？

エデイポス　あなたは、スフインクスを退治したものを最初の出現者と呼ぶんですか？　約束の報償は女王です。何が可笑しい。聞きなさい。どうしても、私は私の夢が單なる夢でなかつたことを證明するのだ。私の父はコリントの王だ、私が生れたときには、父も母も歳を取つてゐて、私は陰氣な宮中で育つた。私は、いたわられ過ぎるのが嫌になつて、無鐵砲がしてみたくて堪らなくなつたのだ。私は冒險が欲しく、あてもなくさ迷ひはじめた。すると、ある晩醉拂ひが、お前は私生兒で、養子になつたんだと私に怒鳴つた。打擊、そして侮辱、次の日に、私は、メロープ及びポリビスの歎きにもかゝはらず、神の祭壇に行つて、質疑ずることに決心をした。答へは、すべて一つの託宣であつた。即ち、汝は汝の父を殺し、母と結婚すべし！

スフインクス　何ですつて？

エディポス　いま言つた通り。最初は、誰でも驚愕するやうな託宣だが、私はビクともしなかつた。私は、すべてが荒唐無稽だと思つた。私は神と僧侶とにお禮をして、引退つた。だが、結論はかうだ。託宣が、もつと輕い意味合ひを隱してゐるのでなければ、鳥を放つて寺から寺へ音信してゐる坊主どもが、神の口にこの託宣を移して私が王位につく妨げを謀んでゐたかどうかなのだ。私はすぐにこの恐怖を忘れてしまひ、かへつて、この親殺しと姦淫の强迫のお蔭で、宮中を飛び出し、未知なる冒險の旅に出ることが出來たのだ。

スフィンクス　今度は、私がすつかり面喰つてしまひました。あなたを揶揄つて、濟みませんでした。御免なさい王子様？

エディポス　あなたの手を貸しなさい、名前は何と仰言るんです？　私はエディポス、十九歳。

スフィンクス　あゝ！　私の名を聞いてどうなさるんです、エディポス？　あなたは名高い名前がお好きでせう……十七になる女の子のなんか、あなたには興味はありませんね。

エディポス　それは不親切だ。

スフィンクス　あなたは有名を崇拜なさる。だが、託宣を無效にする唯一の方法は、自分より若い女と結婚なさることにあるやうですね。

エディポス　それは、あなたらしくもない。まるで、結婚の出來さうな若者の少いテオベの母親の言ふやうなことですよ。

スフィンクス　どうも、それこそあなたらしくないですね。あんまり上品な言ひ方じやありませんね。

エディポス　すると、私はすぐにスフィンクス、いやそれよりも酷い、お乳と爪とを持つたスフィンクスに變る、單なる妻を娶るために、山だの河だのを跋渉してきたことになりますよ。

スフィンクス　エディポス……

エディポス　いや、澤山です！　私は私の運を試してみます。この帶を取つて置きなさい、（所作）私がその獸を殺したときに、これを持つて來れば判る。

スフイスクス　あなたは、何か、殺したことがあるんですか？

エディポス　さう、たつた一度。たつた今しがたのやうな氣がするが、私はデルフイとドウリの四辻を歩いてゐた。すると、四人の家來を召連れた老人の馬車が近づいてきたのだ。私が馬と竝んだときに、その一匹が竿立になつて、私は家來の方に突き飛ばされた。すると、その馬鹿野郎が私を撲らうとしたので、私は杖をあげて彼を打つたのだ。ところが、勢ひ餘つてその老人の頭を撲りつけてしまつた。彼はぶつ倒れて、馬は彼を引ずりながら駈け出してしまつた。私は、彼の後を追つかけたが、家來どもは怖れて逃げてしまつた。私は、血まみれになつた老人の身體と、絡まつて暴れ狂ふ馬と後に取殘されてしまつたのです。馬は脚を折つてゐた、それは見るも無慙な、無慙な光景……

スフィンクス　さうです、ね、さうでせう。殺すといふことは慘たらしいことです。

エディポス　それは、だが、私の故じやない、私はすつかり忘れてしまつた。重要なことは、すべての障害を除くことで、あとは知らん顔をしてゐればよい。自己憐憫に敗けないことだ、それに、私は星をいただいてゐる。

スフィンクス　さよなら、エディポス、私は英雄達の心を迷はす側の性《セツクス》ですからね、銘銘の道を行きませう、われわれは少しも共通なものを持つてゐないのです。

エディポス　英雄達を迷はすつて、え？　なかなか自己評價が高いね。

スフィンクス　で……もしスフィンクスがあなたを殺したとしたら？

エディポス　私の聞いたところでは、それは一つに私が彼の質問に答へることが出來るかどうかに懸つてゐる。もし私が正しく答へることが出來たとしたら、私に觸れることさへ出來ない、そのまゝ死んでしまふのだ。

スフィンクス　もし正確に答へられなかつたら？

エディポス　私の不幸な幼年時代が役に立つて、私はテオべの下層民どもとは、比較にならない勉強をしてきたのだ。

スフィンクス　それは宜いことでしたね。

エディポス　私は、この單純な怪物が、コリントの最高の學者達の弟子に出喰はすとは思ひも懸けないことだと思ふよ。

スフィンクス　なかなか自信がお有りですね、どうも殘念、私はどちらかと言ふと、エディポス、弱い人達には心を動かされ易い、私はあなたが音をあげられるのを見たいものですよ。

エディポス　さよなら。

スフィンクス、エディポスを追つかけて跳び付かうとするかのやうに一歩踏みだす、ためらふ、だが、呼び立てずにはゐられない、次の「私！　私！」といふ語を發するまで、彼女はエディポスから眼を放さない。眼ばたきもしない瞼の下の不動の、靜に廻轉する、巨大な凝視につれて、彼女の身體が搖れる。

スフィンクス　エディポス！

エディポス　私を呼びましたか？

スフィンクス　最後に一言。いまのところ、スフィンクスを除いて、何にもあなたの心を占めてゐるものはないのですか？　あなたの氣持を動かす、あなたの精神をかき立てるものは何にもないのですか？

エディポス　なんにも、いまのところは。

スフィンクス　それで、彼または彼女があなたを彼に引會はしたとして……つまりあなたを助ける人のことですが……私はこの會合をあなたに齎してやる術を知つてゐるかも知れない者のことを言つてゐるのだが……その彼または彼女が、あなたを感動させるやうなそんな威信をもつて、あなたの瞳に映らないでせうか？

エディポス　勿論、だが一體これは何のことですか？

スフィンクス　たとへば、私、私自身が秘密を、大變な秘密をあなたにあかしたとしたら？

エディポス　あなたは笑談を言つてゐる！

スフィンクス　あなたを謎のなかの謎に導く、人獸、唱ふ雌犬と呼ばれてゐる、そのスフィンクスに會見させる秘密！

エディポス　なんだつて！　あなたが？　あなたが？　それは本當かね……あなたの好奇心がこの發見を……？いや！　なんて俺は馬鹿なんだらう。これは、私を呼び戻さうとする女の計略だ。

スフィンクス　さよなら。

エディポス　まつて、いや、御免なさい！

スフィンクス　遲過ぎる。

エディポス　濟まん、この通り謝まつてゐる。

スフィンクス　あなたは、自分の機會を逸して、それを取戻さうとする愚昧の若者だ。

エディポス　その通り、俺は愧ぢ入つてる。だが、聞かしてくれ、俺は信じる。だが、もしも計略にでもかけやうものなら、首根子を摑んで、血反吐を吐かしてやるぞ。

スフィンクス　こゝへ來なさい、（彼を臺座の反對側に据ゑる）眼をつぶつて、胡麻化しちや駄目ですよ、五十まで數へなさい。

エディポス　（眼をつぶつて）用心しろ！

スフィンクス　それは、あなたの番です。

エディポスは數へる。異常なる出來事を豫想させる。スフィンクス、廢墟を橫切つて跳び去り、壁の後に消へる、再び本當の臺座のなかに現はれる、つまり今度は臺座と一體のやうに見える。上半身を肱で支へ、正面を見守つてゐる。だが實際は、女優は立つてゐるだけで、ただその上半身を現はし、兩腕は斑點のある手袋で包まれ、それを手を握つてゐる。やぶれた翼のなかから、突然、二つの巨大な、靑ざめた、光る翼が伸びてきて、間もなくその像は完成する、彼女は大きくなり、すべて彼女のもののやうに見える。エディポスは數へてゐる、四十七、四十八、四十九、それから一寸間を置いて五十と叫ぶ。彼は振向く。

エディポス　お前！

スフィンクス　（高く透る聲で、喜ばしく、恐ろしく）さうです！　私！　私、スフィンクス！

エディポス　これは、夢だ！

スフィンクス　夢なものですか、エディポス、あなたの探してゐたものだ、そしてこの通り、默れ！　私は命令する！　前に進め。（エディポス、あたかも痲痺したかの如くに、兩腕を身體に密着させて、身を振りほどかうとして踠く）前に出なさい。（エディポス、膝をつく）足が自由にならないのなら、跳べ、ゐざれ……英雄が可笑しな眞似をしますね。來なさい！　動くんだ！　心配するな、誰もお前を見ちやゐない。（エディポス、怒りで踠きながら、膝をついて躙り寄る）

スフィンクス　さうだ、止れ！　さて……

エディポス　あゝ、いま、俺はお前のやり方が判つてきた。誘きよせて俺を殺さうとするのだ。

スフィンクス　……そして、いま、小手しらべをしてあげますよ、エディポス、こゝで何が起らうとしてゐるか、あなたがありふれたテオベの色男か、それとも私を喜ばす特權を持つてゐるかどうか、先づ試してみるんです。

エディポス　俺は、お前の自由にはならないぞ。（全身に力瘤を入れて、その呪縛から逃れようとあせる）

スフィンクス　委せるんだ！　筋肉を引吊らせて抵抗しても無駄だ、樂にしなさい！　抵抗すればするだけ、私の療治が面倒になつて、怪我をさせるかも知れませんよ。

エディポス　なに、負けるものか！（眼を閉ぢて、首をそむける）

スフィンクス　眼を閉ぢたり、首をそむけたりすることはありません。私がやるのは、見かけや、聲で嚇すんじやない。盲人の敏捷も及ばなければ、劍闘士の網もそれほど早くはない、稻妻も光を失ひ、馭者も茫然とし、牛も重からず、口で算數する學童も學ばず、索具整ふ滿帆の船も浮かばず、安泰ならず、裁判官も毅然たるを得ず、虫も貧食せず、馬も血に乾かず、卵も夢か幻か、支那の首斬り、心の鬼、ペテン師もそれほど器用でなければ、星も占はず、蛇も執念の舌に餌食を溶かしはしない。私は内に計り、外に紡ぐ、私は勘定し、私は卷く、ほどく、再び卷く、そして結び目をつくつては、縮めるも緩めるも、意のまゝである。私の絲は眼にはとまらず、あたかも流れる毒の液體のやうなもの、ひとたび搖ればあなたの足を折る、それは矢を引き絞つた弓となつて空に高鳴る。バラの花、圓柱、海のやうに圓まり、また章魚のやうに手を擴げる、夢の園の飾り、見えず、現れず、銅像のなかを走る血の壯嚴、私の絲は、蜜の上に濺ぐ蜜のやうにあなたに纒繞し、狂想の繪圖となつて締めつける。

エディポス　放して！

スフィンクス　私は語る、私は行ふ、私は卷く、私はほどく、私は數へる、緩める、織る、擇り分ける、絢ふ、伸ばす、結ぶ、私はそれを繰返し、繰返す、縛る、ほどく、再び縛る、そして最後に一番小さい結び目を殘して置いて、あなたの死の苦痛に於てほどく。私は、引締める、緩める、間違へてはやり直す、ためらふ、ただす、縺らかす、ほどく、結び代へる、繰り返す。私は始める、つなぎ合はせる、枷を造る、吊り上げる、縛る、その努力を積み重ねていつて、あなたを頭のてつぺんから足の爪先まで爬虫類のあらゆる筋肉で卷きつける、そして息をしたゞけであなたを壓縮し、全身不隨にし、そのまゝ死の眠りに突き落す。

エディポス　（弱い聲で）放して！　御慈悲！……

スフィンクス　あなたは助けて呉れと叫ぶ、あなたは、それを恥づかしがることはない、なにもあなたが始めてじやないんだ、私はあなたよりももつと高慢な奴がお母さんの名を呼んだのを聞いてゐる、あなたよりももつと頑固な奴が泣き出したのを見てゐる、また聲も立て得ない奴ほど他の者より弱かつたのだ。彼等は終らない内に氣絶してしまつた、そして香料を塗つてやらうとする私の手のなかで、彼等はもはや腰も立て得ぬ醉拂ひのやうに死んでゐるのだ。

エディポス　メエロープ！……お母さん！

スフィンクス　では、すこし前に進みなさい、命令だ！私はあなたの四肢を少し樂にして上げませう。さう！で、私はあなたに質問するでせう。先づ、こんな具合に尋ねますがね、朝は四本の足で歩き、晝には二本の足で歩き、晩には三本の足で歩く動物は何ですか？　あなたはあなたの腦味噌を絞る、だが、せいぜいあなたの考へは、子供のときに貰つた小さなメダルに落付くか、同じ數字を繰返してゐるか、さもなくば、あの二つの壞れた圓柱の間の星の數を數へてゐる位ひのものだ。そこで、私が、その謎をあなたに解いてみせる番になるでせう。（問）子供のときには四つの足で歩き、生長しては二本の足で歩き、歳取つては第三の足として杖の助けを借りる動物は人間だ。

エディポス　なんて馬鹿らしい！

スフィンクス　お前は叫ぶだらう、なんて馬鹿らしい！

誰もさう言ふ、だが、その叫び聲こそあなたの失敗を意味するのだ、私は私の助手を呼びます、アニバス、アニバス！

アニバス、現れ、腕組をし首をかしげて、臺座の右側に立つ。

エデイポス　おゝ！　スフィンクス……おゝ！　スフィンクス、御婦人！　お願ひです、いけません、いけません！

スフィンクス　跪づきなさい、さあ……さあ……その通り……命令された通りにするのだ。首を差し出しなさい……アニバスは進みよるだらう。狼のやうな口を開けるだらう！（エデイポス、聲を立てる）私は言つた、曲げるだらう、進みよるだらう、開くだらう、私はその氣持で注意深く表現したではないか？　なぜ叫ぶのだ？　なぜそんな怖ろしさうな恰好をしてゐるのだ？　それは示威運動なのだ、エデイポス、ちよつとやつて見せたのだ。お前は許された。

エデイポス　許された！（手を、それから足を動かす……起き上る、よろめく、頭に手をやつてみる）

アニバス　いけません、スフィンクス、この男を試驗しないで逃がすことは出來ない。

スフィンクス　しかし……

アニバス　質問しなさい。

エデイポス　しかし……

アニバス　默れ！　この男を質問しなさい。（沈默、エデイポス背をそむけ、不動のまゝ）

スフィンクス　質問します……よろしい……彼に質問します……（アニバスを見て驚きの表情）朝四つの足で歩き、晝は二つの足で歩き、晩に三つの足で歩く動物はなんですか？

エデイポス　なぜつて、無論人間だ！　彼は幼い時には四つの足で這ひ廻り、生長すると二本の足で歩き、歳を取ると第三の足として杖を借りて歩く。

スフィンクス、臺座の上でよろめく。

エデイポス　（左に道を切つて）勝利！

エデイポス、左手に駈け去る、スフィンクスは圓柱の蔭に辷り落ち、壁のなかに見えなくなる、再び翼なくして現れる。

スフィンクス　エデイポス！　何處だ！　彼は何處に行つた？

アニバス　行つた、飛んで行つた。勝利を告げようと息を切らして走つてゆく。

スフィンクス　私のやり方をよく見ないで、自分の氣持を裏切る樣子もなく、感謝のしるしさへ……

アニバス　何を期待しようといふのだ？

スフィンクス　おゝ、間拔けめ！　それでは、彼は何一つ理解しなかつたのだ！

アニバス　何一つとして。

スフィンクス　クス！　クス！　アニバス……あそこだ、あそこだ、追つかけろ、速く、嚙みつけ、アニバス、嚙んでしまへ！

アニバス　こんどは、なにもかも始めからやり直しだ。お前は再び女で、私は犬。

スフィンクス　どうも濟みません、正氣を失つたのです、氣が狂つたのです、まだ手が震へてゐる、私は火のやうです、ただひと跳びに彼を引捉へたいものです、頭に唾を吐きかけて、爪で搔きむしり、不具にして、踏み躙つて、去勢して、生きたまゝ皮を剝いでやり度い！

アニバス　それでこそ、お前らしい。

スフィンクス　助けて！　復讐して！　ぼんやり突立つてゐなさんな！

アニバス　本當にお前はこの男を憎むかね？

スフィンクス　憎む。

アニバス　彼に起り得る一番惡いことなら、お前にはこの上ないことかね？

スフィンクス　さうです。

アニバス　（スフィンクスの着物をとり上げて）この着物の握つてあるところを見て御覧、これを握り締めて、針でその束を突き刺す、針を拔く、すべての古い皺が消えて失くなるまで布を伸ばす、さうしたなら、單純な頭の田舍者が、間を置いて數へ切れないほど澤山ある穴を、針の一突きで出來たものと想像することが出來ると思ふかね？

スフィンクス　それは出來ません。

アニバス　人間の時も、永遠の一握りである。吾々には時は存在しない。生れてから死ぬまでエディポスの生涯は私の眼の前に平たく伸ばされてゐる、一連の挿話とともに。

スフィンクス　話して、話して、アニバス、私は聞き度くて夢中です。何があるんですか？

アニバス　かつてジョカスタとルイスに一人の子供があつた。託宣によつて、この子供は親殺しになるであらうと言はれたので……

スフィンクス　親殺し！

アニバス　怪物、汚れた獸……

スフィンクス　もつと早く、もつと早く、もつと早く！

アニバス　ジョカスタは彼を縛つて、山の中に捨てた、ポリビスの羊飼が、それを見出し、連れ去つて、ポリビスとメエロープが子なき結婚を歎いてゐたので……

スフィンクス　なんて嬉しいことです！

アニバス　彼を養子にしたのだ。エディポス、ルイスの息子は、三つの道が合はさるところでルイスを殺した。
スフィンクス その老人。
アニバス ジョカスタの息子、彼はジョカスタと結婚するだらう。
スフィンクス あゝ、考へても御覧なさい、私は彼に「彼女はあなたのお母さんかも知れない」と言つたのです。それに、彼は「重大なことは、さうじやないといふことだ」と答へたのです。アニバス！ アニバス！ なんて望んでもないニュースだらう……
アニバス 彼はお互ひに殺し合ふ二人の息子を持つだらう、二人の娘の内一人は首を吊り、ジョカスタ自身も首を吊るだらう……
スフィンクス 澤山！ それ以上何を望みませう？ まあ考へて、アニバス、ジョカスタとエディポスとの結婚、母と子の結合！……で、ぢきに彼はそれを知りますか？
アニバス うん、間もなく。
スフィンクス なんて生甲斐のある瞬間だ！ 私はその歡喜を一口嘗めたのだ。あゝ、私はそれに立合つた！
アニバス さうでせうとも。
スフィンクス それは、本當ですか？……
アニバス 私は、この際、あなたが誰であるか、そして私に耳を傾むけてゐるこの小さな身體が、なんと滑稽にもあなたを押し隔ててしまつてゐるかといふ事を、あなたに思ひ出して貰はなければならん。スフィンクスの役割を引受けたあなたが！ あなた、女神のなかでの女神！ あなた、偉大なるもののなかでの最偉大者！ 執念の鬼！ 復讐者！ ネメシス！
スフィンクス ネメシス……（觀客に背を向けて、腕を組んだまゝ不動、突然、その自失の姿から覺め、舞臺に跳び上る）も一度、もしも彼が見つかつたら、私は私の憎しみを味ひ、罠から罠へ逃げ惑ふ、膽を潰した鼠のやうな彼が見たいものだ。
アニバス それは目覺める女神の叫びですか、それとも嫉妬に燃ゆる女の叫び？
スフィンクス 女神の、アニバス、女神のです、私達の神は、私にスフィンクスの役割を言ひつけた、それだけのことはやつて見せます！
アニバス やつと！
スフィンクス （前にかがみ、平野を見下ろしてゐる、突然、振返る、彼女の容姿を變へた偉大さと憎惡の跡は、もはやない）犬！ 嘘を付いたのだ！
アニバス 私が？
スフィンクス さうだ、お前！ 嘘つき！ 嘘つき！ あの道を見なさい、エディポスが戻つてくる、彼は走つてゐる、飛んでゐる、私を愛してゐるんだ、やつと判つたのだ！

アニバス　御婦人、彼が勝てばどうなるか、なぜスフィンクスがまだ死んでゐないのか、それをよく知つてゐる癖に。

スフィンクス　御覧、岩から岩へ跳んでくるのを、まるで私の鼓動が胸のなかで躍るやうだ。

アニバス　自分の勝利と、あなたの死に有頂點になつて、この若い馬鹿者は、一番大事なことを見とどけなかつたことに氣がついたのだ。

スフィンクス　なんて情けない奴だ！　あなたは、彼が私が死骸になつてゐるところを、見とどけやうとしてゐるんだと言ふんですね？

アニバス　あなたのじやない、この氣狂屋さん。スフィンクスだ。彼はスフィンクスを殺したと思つてゐるんだ。彼はそれを證明しなければならないんだ。テオベの人達は漁師のホラ話じや滿足しないからね。

スフィンクス　あなたは噓を付いてゐる、私は彼にみんな饒舌つてやる、彼に警告する、私は彼を救ふのだ、私は彼をジョカスタから、この悲慘な都から引離して……

アニバス　氣を付けなさい。

スフィンクス　私は饒舌つてやる。

アニバス　やつて來る、先づ彼に話させなさい。

エディポス、息を切らして、舞臺左下手から登場、スフィンクスとアニバスとが並んで立つてゐるのを見る。

エディポス　（挨拶して）御婦人、不滅の靈者達は、死んでもちやんと生きてゐると見えて、お喜び申上げます。

スフィンクス　どうして、戻つてきたのだ？

エディポス　報償を掻き集めに。（アニバスの怒つた形相に、エディポス一歩退く）

スフィンクス　アニバス！（アニバスに、彼女だけにするやう合圖する、アニバス、廢墟のなかに去る。エディポスに）お望み通り、そこにゐなさい、女が負けたのです、彼の主人の最後の願ひを聞いて下さい。

エディポス　身を構へてゐて御免なさい、だがあなたが、女の詭計を信じないやう教へたのです。

スフィンクス　あゝ！　私はスフィンクスだつた。いや、エディポス……あなたは私の死骸をテオベに持つて行つてよろしい、あなたは……國を捨てた甲斐があつて……褒美を受けるでせう。いや、私は、あなたに、私がこの壁の蔭に一寸と匿れるのをお許し願ひたいのです、さうすれば私はこの身體を捨ててしまひます。白狀しますがほんの暫くの間、私は感じ……痙攣しました。

エディポス　よろしい、だが早くしろ、最後の喇叭が鳴ると……（喇叭の音）ね、ほら言はないことじやない、一刻も急がねばならんのだ。
スフィンクス　（匿れる）テオベの人達は、英雄を門のところに立たせては置きませんよ。
アニバスの聲　（廢墟の蔭から）急いで、御婦人、急いで、あなたはまるで何か口實を設けて、わざとぐづぐづしてゐるやうです。
スフィンクス　（蔭から）死の神樣、あなたが、先づ第一番に、襟首を摑んで引摺り廻はされるのですか？
エディポス　あなたは、時を盜んでゐる、スフィンクス！
スフィンクス　（蔭から）それだけあなたの爲になるんです、エディポス、私が急いだなら、あなたはやり損ふかも知れぬ。まだ大事なことが殘つてゐる、もしもあなたが、人々の期待する怪物の代りに女の子の死骸をテオベに持つていつたなら、石を投げつけられるかも知れませんよ。
エディポス　それは本當だ！　女といふものは驚くべきものだ、なんでも思ひつくことが出來る。
スフィンクス　（蔭から）人は私を呼ぶ、爪ある處女……唱ふ雌犬……彼等は私の牙を見なければ承知しない。びつくりしなさんな、アニバス！　私の忠實な犬！　ねえわれわれの顏は單なる影に過ぎないんだから、あなたのジヤッカルの頭を私に下さい！
エディポス　素晴しい考へだ！
アニバス　（蔭から）このこのみつともないお芝居は終りになつたんだから、あなたの宜いやうになさい、そしても一度もとのあなたに歸るのだ。
スフィンクス　（蔭から）もう、すぐですよ。
エディポス　私は、私が前にやつたやうに、五十まで數へる、これがおかへしだ。
アニバス　（蔭から）御婦人、御婦人、なにをあなたは待つてゐるのだ？
スフィンクス　まあ、私は醜くなつた、アニバス。怪物！……可哀さうに、あの子がびつくりする……
アニバス　なに心配無用、彼は見むきもしませんよ。
スフィンクス　では、彼は盲ですか？
アニバス　人は大概盲で生れるのだ、ただ眞實をもつて眼と眼の間をぶん撲られたときにそれが判るのだ。
エディポス　五十！
アニバス　（蔭から）さあ、さあ……行きなさい！
スフィンクス　（蔭から）さよなら、スフィンクス。
壁の蔭から、ジヤッカルの頭をした女の子がよろめきながら出て來る、腕を振廻して、倒れる。
エディポス　やつと片がついた！（跳び出し、一眼も呉れす、死骸を持上げ、舞臺右下手にかゝる、彼は兩腕を差し延ばし、死骸を眼の高さに運ぶ）いや、かうじやない！これでは、息子の死骸を運ぶ王様の役を演じたあのコリントの悲劇役者のやうに見える、恰好は豪華だが、誰も感動しなかつた。（彼は、左腕の下に死骸を持ち直さうとする、廢墟の後小高いところに、虹に包まれた二人の巨人、神々の姿が現はれる）いや、これではなほ可笑しい。まるで、自分の犬を殺した獵人が空手で我家に歸つてゆくやうなものだ。

アニバス　（右手に現れた姿）あなたの女神の死體をあらゆる人間的汚染から救ふために、エディポスが、すくなくとも、自ら半神の名を名乘つてもよいのだ。

ネメシス　（左手に現れた姿、即ち復讐の女神）彼は、あんなにも若い……

エディポス　ヘラキュレス！　ヘラキュレスは獅子を彼の肩に投げ懸けた！……（死骸を肩の上に乘せる）さうだ肩の上だ、肩の上！　半神のやうに！

アニバス　（被のなかで）やつてるぞ！

エディポス　（二歩歩いては天を拜し、左手に向つて去りつつ）俺が、不淨の獸を殺したのだ。

ネメシス　（被のなかで）アニバス……アニバス……私は氣分が惡い。

アニバス　行きませう。

エディポス　私は都を救つた！

アニバス　行きませう，さあ、貴女。

エディポス　私はジョカスタ女王と結婚するのだ！

ネメシス　（被のなかで）氣の毒な、氣の毒な、氣の毒な人類！……もう見てはゐられない、アニバス……息がつまりさうだ、地上を去りませう。

エディポス　私は王様になるんだ！

二つの巨大な姿につぶやきが起り、被は飛び散る。夜があける、鷄鳴く。

—幕—

（續く）

幽霊の手記

關根弘

久しく彼と別れてゐる中に自然便りも杜絶えがちになり、私達は彼のことをあの事件が起るまで思ひ出さなかつた。別れた當時は彼を評して大病に罹つたのだといふものがあり、いや彼奴は氣が變になつたのだと主張するものもあつて、兎に角私達の間に賑やかな話題を提供してゐたのであるが、故郷へ歸つて暫らくする中にまた何處とも知れず旅立つたといふ噂が傳はつてそれきりになつてゐた。そして私達はその後、便りを出さうにも彼の移住先を杳として知り得なかつたので、一度ぐらひ思ひ出したこともあつたのか知れないがまた直ぐに忘れて了つてゐた。

それが彼の名前が新聞に出たあの事件を契機として再び私達の話題に上るやうになつた。どうせ彼のやうな無名の人間が新聞に出た事件だからろくなことではなかつた。「飛降り轢死」——四號ゴシックの一本見出しが今になるまで私の腦裡になまなましく灼きついてゐる。彼はプラットホームと車輛の間に挾つて死んだのだ。お世辭にも華々しい最後だつたとは言へないが、しかし私には彼が若い癖に多量の酒をたしなんでゐたのを思ひ出して、よつぱらひらしい最後だ、といふ結論を見出した友達と聲を揃へて笑へないわけがある。

私は彼の死の消息を福島の宿屋で讀んだ。それは生易しい驚きではなかつた。私はその日の朝早く上野を發ち、途中宇都宮に降りて一仕事した。そして午後からまた下りに乘つたが下りは十二分遲れてゐた。新聞に依れば彼は同日、東北線の名も無い驛で、午前九時頃、上野發七時何分かの下りに轢殺されてゐる。とすれば東北線のダイヤを狂はせたのは彼なのだ。その時、私は突嗟には彼の死を悲しめなかつた。寧ろ腹だたしい思ひに驅りたてられた。社會の動きをたつた十二分しか止めないでこの世にさよならして了つた彼を洵に腑甲斐なく感じた。けれども次第に氣持が落着いて來るにつれて十二分といふ時の流れは意外に大きく仰向かないでは見られないものに思へて來た。地球の上に與へられた十二分、その間にはどれだけ多くの人が死にまた生れるであらうか。彼が遲らせた十二分のために、或ひは親や兄弟の死に目に會へなかつた人もゐるのではなからうか――と、私はいつか彼を許してゐた。すると俄に彼の生命が極めて貴重になり、その死が悲しく胸に迫つて來て私はおいおい聲をあげて泣いた。しかし、泣けば泣くほど私の頭の中は冴々として、彼が血を塗り、私が傳はり來たつた一條のレールが鋭く冷めたく閃いてゐた。

私の旅行は短かゝつた。間もなく歸つて來ると、留守中に發信地も發信人もない、そして消印さへも謎のやうに忘れられてゐる一束の小包が屆いてゐた。それは彼からのものであつた。が、中からはぼろぼろになつた大學ノートが二冊出て來たきりで、遺書も手紙も見當らなかつた。勿論、彼は死の來るを豫想して送つたわけではなからう。たゞ不思議なのは彼が意外な時に私の名前や住所を思ひ出したことである。もつともさうした詮索は私の因果律探求癖にもとづくのであらうが。

彼の遺骸は東京へ歸つて來るなり鐵道へ問合せたが返事もなく、どういふ處分を受けたか分らない。だから今日では私の手元に殘された二冊の大學ノートが彼の生きてゐたことを證明する唯一の手がゝりとなつた。ノートには私達が彼を大病に罹つたのだとか、氣が變になつたのだなどと噂した當時の日附けが處々に出て來るが、殘念なことには私達と別れてからの消息を傳へる記錄は見出せなかつた。しかし、二冊のノートに散漫に記されてゐる手記を飜讀して見て、私は私自身に取つて今まで氣づかなかつた陰影《かげ》のやうなものを見出した。ために私はこの手記を系統だてゝ見たい望みを起した。

以下彼の手記である。

一

印刷工場の脇を架空電車は走つてゐた。

俺は窓から地上を見下してゐた。脇道から往來へ青いナッパ服を着た職工が兩手に印刷紙を抱へてひよろひよろ出て來た。向ひから白いエプロンをかけた女――多分女工だらう――が來てナッパ服の顏を見るや、矢庭に馳けつけてゴツンと頭を拳で毆つた。ナッパ服は兩手で印刷紙を抱へてゐるので抵抗出來なく、蹴飛ばさうと追ひかけて行くのが見えたが、其處へ大きな屋根が冠さつて下界は瓦だらけになつて了つた。で想像したのだが、ナッパ服は屹度追ひかけて行くことの無益さを知つたに違ひない。それにしても女といふ奴は何と狡猾で殘忍な性《たち》だらう。

俺はまたしても幽靈のことを考へはじめた。幽靈は昔から大抵女と相場が決つてゐる。それは女が男よりも弱くて虐待され、生きてゐる中に報復の手段を見出せなかつたからだ。だが昨今の世相を見ると、早い話が手の利かない男を毆るやうな女が出て來るやうでは、もう女は幽靈になる必要が無いのかも知れない。近代になつて男の幽靈が斷然多くなつたのは屹度さうした反動であらう。ロシアでは外套を掠奪する男の幽靈が出たし、またイギリスの古城の騎士《ナイト》の幽靈は、あるアメリカの好事家のために遙々海を渡つて紐育へ行き世界を驚ろかせた。もつとも今日は幽靈の非存在說が普及してゐるので果してこれが事實かどうか疑問だが、いづれにしてもゴーゴリかルネ・クレールに直接話をすれば確かだといふ所まで考へて、旣にゴーゴリは氣狂ひになつて死んで了つてゐることに氣がついた。

社に歸ると原稿だ。編輯だ。校正だ。急に目が廻るので幽靈のことなどろくろく考へてゐられない。

二

俺の筆先に妖氣があるとでもいふのか。

今夜は深川で饗應戰術にひつかゝつた。無雜作にポケットへ押込んだ封筒を上から撫でゝ見ると確かに手應へがある。お車料に惡くないなと思つたのが不可なかつたらしい。俺は設けられた陷穽から更に深い陷穽に落込んだ。

深川から俺の家まではすこし遠過ぎたのだ。途中で咽喉が渴いた。醉ふと途方も無い考へが湧く。俺はレコードの聽える赤い彩色がほどこされた扉を押した。

「こんつは、ホッホッホホ……」

變な女だ。變な女がやつて來た。赤いワンピースを着て子供見たいな恰好で、額には深い橫皺がある。

「ビールあるか。」

「無いわ。そんならお酒……ねえ何か喰べませうよ。」

「俺は喰はんよ。ぜ、つ、た、い、に。」

暫らくポツンと一人置かれた。バーテンの蔭からマダムの聲がする。

「キヨちやん、さーさんなんか放つて置いてお兄さんにサービスしなさい。」

先刻の女はキヨといふらしい。お兄さんとは俺のことだ。畜生なめるない。

「こんつは、ホッホッホホ……」

キヨが來た。隣に座つて重たく胸にのしかゝつて來た。俺は俺を救ふ唯一の口實を見つけた。今、俺にのしかゝられてゐる俺はたしかに俺ではない。幽靈、さうだ、良い言葉だ、幽靈だ。そして本當の俺とは今、正當な判斷を下したり考へてゐる俺だ。さうだ、俺は幽靈を救はなければならない。

「俺は歸る。」

さうして表へ出た。外はいつか雨が降つてゐた。

彼奴等は女であることを賣物にしてゐる。これは良い時代ではない證據だ。彼奴等に取つて希望とは絶望とは何であらう。彼奴等は俺よりも幽靈に違ひない。

「ホッホッホホ……」

雨脚よりも冷たい空洞《うつろ》な笑ひがいつまでも耳朶をついて廻つた。

三

女が男より悧口になれないわけが今わかつた。

今朝、出がけに母が背中を眞直ぐにして歩きなさい、と言つた。俺は背中を眞直ぐにして歩けないのはズボンが短かいせいだと思つてゐたので、我れ知らず言葉に綾がたち、さうではありませんよ、といふやうな答をした。ズボンが短かいといふのは大變な眞理だ。かくしに手を突込んで歩く癖のある俺はズボンが短かいためにのめつて了ふ。そこで家へ歸つて來てから着物を着替へて帶の間に手を挾んで歩くと迚も工合が良い。懐手もまた詩趣がある。俺は卒然、大悟した。女にはこの眞似は出來ない。殊に女は懐ろに書物を入れて歩くことは絶對に出來ないのだといふ考へは俺を喜ばせた。女の智慧は猿智慧だ。未だ女は宿命的に幽靈化する率が多いらしい。

四

お天氣が良いのに氣持は晴々しない陽氣の變り目だからとばかりは言へない。俺は仕事が嫌になつた。新聞とは何だ。輿論だ。輿論とは何だ。俺は龍之介の言葉を思ひ出した。「輿論は常に私刑であり、私刑は又常に娯樂である。たとひピストルを用ふる代りに新聞の記事を用ひたとしても。」

五

俺はけふから社に行かない。俺は信ずる所を生きなければならぬ。書齋の外が騷がしい。子供等が棒を持つて遊んでゐるのだ。怒鳴つてやらうと思つて出て行つたが、俺を恐れないのが可愛くなつた。急に氣が變つて「この邊に化物屋敷は無いか?」と小賢しげなのに訊いた。子供は大人より悧口な場合がある。案の定手應へのある答を聞いた。

「うん知つてるよ。」

で、道の上に細かく地圖を書いて貰つた。何でも夜はペン〳〵三味線が鳴つてゐる所だ。書齋へ戻つてから母に話すと母も知つてゐた。何んだ――。母の說明に依ると化物屋敷は一世を驚倒せしめたグロテスクな情痴事件のあつた待合だ。それでも良い。今夜は幽靈に會へるかも知れない。

日暮れになるのを待兼ねて、俺はひそかに小刀を懷ろに入れて化物屋敷に出かけた。化物屋敷は三業地のはずれにあつて直ぐに分つた。が、それは晝間のやうに明るい家だ。或ひは怪物共が幽靈に招かれて「猫ぢや猫ぢや」を踊つてゐるのかも知れないと思つて近づくと、

「キヤァツ」

といふ女の聲が直ぐ響いた。ぎよつとしたがそれは悲鳴ではなく、嫌がつてゐる聲でもない。俺はそれでもうたしかめる氣を失つて引返した。夜の街は酒氣が强くて三味線が陽氣だつた。

六

憎むことは憎み返されることでもあらうか。さうならば俺の憎む對象は間違つてゐるやうだ。

人間が嫌なら人間をやめなければならない。

七

實在するかしないかは兎も角として、この二、三日俺は幽靈に就て考へて見た。

幽靈には陰影《かげ》がない。

幽靈は笑ふことを忘れてゐる。

幽靈の怨むのは必ず一人と決つてゐない。一人を怨むことは萬人を怨むことであり、萬人を怨むことは結局一人を怨むことだ。

幽靈は人間に絶望の無い象徴である。

八

近頃、母は俺が散歩に出るのを喜ばなくなつた。周圍の連中も何か俺を特別の目でじろじろ見る。犬までが變な顏をして見やがる。

母はしきりに田舍へ歸りたがつてゐる。俺は東京で死ねないかも知れない。

ひよつくりTが尋ねて來た。「大分、ひどいと聞いてゐたが元氣だね……」新聞社の話をして行つた。友達まで變な噂をしてゐるに違ひない。しかし、近頃氣にかゝることがある。

陰蔭《かげ》だ！　こいつは晝でも夜でも俺を離れない。こいつを見てゐると俺は腹が立つ。陰影《かげ》は結局俺の半生をその儘の形に刻みつけてゐる。俺はこいつを何處へ行くにも引きずり廻してゐる。俺が偉くなれないのは屹度こいつのせいだ。

ピーターパンは犬に陰影《かげ》を喰切られた。しかし、俺が近づくと犬は逃げて了ふ。

九

化物屋敷へ行つた時に持つて行つた小刀を、母に發見されて取上げられて了つた。俺の目の前から次々と刄物が消えて行く。やつと分つた。氣が違つたと思つてるんだ。笑止千萬……

死なうと思へばガラスの粉で澤山ですよ、お母さん。

母はしかし到頭、田舍へ歸ることに腹を決めたらしい。昨日、引越屋が來て荷物を見て行つた。俺の書物を見て一寸難しい顏をした。母が當惑した目付で俺を見たので、俺は氣が變になつてゐないことを證明するつもりで言つた。

「心配することありませんよ。賣つたつて良いんですよ。」

「冗談ぢやないだらうね。」

「ほんとうです。」

俺にはもう本なんか要らない。本は俺の意志以上に俺の意志を強くして吳れなかつたのだから。

十

いゝ月夜だ。

俺はこつそり家を拔け出して荒川放水路の方へ步いて行つた。

くつきり陰影《かげ》が前を步いて行く。十年夢の如しか。俺はもう東京にさよならだ……

荒川放水路へ出ると、いつの間にか河原に屋根のやうなものが出來てゐる。クリスマスツリーのやうでもある。近づいて見ると萬國旗だ。先刻土手を下を步いてゐた男の言葉が思ひ出された。

「明日は運動會だ。」

河原の葦は一面にきりひらかれて競技場と化した。水の流れを見に行つても、そばに巨大な鋼鐵の橋があるので、幽靈は出て呉れさうもない。

しかし、俺は失望しないでもう一度冷靜に考へて見た。誰かに怨まれる覺えはないか……。俺は意地惡をしたり毆つたり恥づかしめた奴の名前や顏を一々思ひ出して見たが、一人として俺の前に姿を現す奴はなかつた。

俺は逆に考へた。怨む奴はないか……

さうだ。これは有りさうだ。現代には徹底的に人を憎む奴がない。俺が範を示すべきだ。

（彼の手記はこゝで杜切れてゐる。ずつと後になつて書かれたらしいものは、もはや私達に讀めるやうな文字の體裁をなしてゐない……。この他に幾つか書かれた詩があるからその中の一つを摘出しよう。）

十一　霧

懸崖の雜草にちらちら
霧が深いのにレールが光つてゐる
塀に沿つて
何處まで塀の道を歩いて行くと
とつぜん霧がひとがたに區切れた
そこだけがらんとして
すれ違つた瞬間

ひやりと足を細身の陰影《かげ》が掠めた
ツンと匂つて
何も見えない
再び霧……
後向きの俺の陰影《かげ》が歩いてゐる
漸く陸橋が見えた
向ふに
アセチリンガスが赤い工場の町
古い月夜だ――

ある晩のこと、私は本に讀疲れてスタンドを消した。すると窓の邊りに白い光線がさしこんでゐた。動くやうな氣配があつた。それは彼の幽靈であつた。

私は驚駭のあまり柱に飛びついた。彼は虚無《ニヒル》を湛えた目でちらりと私の方を一瞥してひとこと言つた。

「俺の陰影《かげ》を見ろ！」

私には何も見えなかつた。

弟にゆり起された。私はうなされてゐたらしい。明るい月夜で彼はまだ窓の邊りにゐるやうであつた。

窓を明けると、星が流れた。げきとして聲が無い。

文化再出發の會について

この會合は政治運動及び政治運動の一部分を目標とするものでありません。むしろ白紙にかへつて、民族の生活の根柢たるべき文化を批判檢討し、そこからあらゆる運動への、時代の動向への關聯を持たせたいと思ふのであります。こゝでは、文化は自主的であり、科學的追及に堪へるものであり、それだけを對象としてもそれだけを切離しても、尙且つ當面の重大問題たるべき種類のものでなくてはなりません。

わが國の文學及び藝術が、その社會性に於て缺くるところがあつたとの非難は、自他共に許すところのもので、さうした過去が連綿として續いてきたのであります。そして、幾多の新しい運動は、その未熟さに於て蹉跌し、生活の推進力となるだけの傳統をつくらなかつたのであります。そして、今日、文學及び藝術、廣汎な意味での文化全體を、他動的に、人爲的に、左右するといふことは當を得ないのであります。そして、それは不可能な事であり、實績のあがるものでもありません。だが、それはそのまゝではあり得ないもの、停止を許されないものであります。文化再出發の企ては、實に生活の眞髓に於て、何か明朗ならざるもの、希望を阻止するもの、さうしたものを爆撃し、東亞の有機的未來に向つて、共同の智囊をしぼらんとするものであります。文化再出發は、マネキン主義、機械主義から、東亞を絕緣する意味に於てその使命をあらゆる運動中の運動たらしめたいと思ひます。

魚鱗叢書

發刊の辭

われわれは、こゝに「文化再出發の會」の運動の一部分として魚鱗叢書を廣く世の識者に贈ることとなつた。

この叢書は、われわれの機關雜誌「文化組織」に據つて活躍した諸作家達の、全體的記念塔にまで發展させるべく編纂されたものである。從つて、評論、小說、詩、劇といつたやうな順序の配列もなければ、營利的考慮のために掣肘されたやうな點もない。そこには、當然職能的ジャンルの破壞があり、舊秩序の刷新がある。明日の文化への礎石こゝにありと言つても過言ではないであらう。すべては、實質であり、戰ひ取られたものである。

われわれは、悠久にして、且つ時代の激動に對處せんとする藝術及び生活の、純粹性に相競ふて、こゝに集團的、多角な、文字形式の一切をもつて、世に問はんとするものである。われわれは「文化再出發の會」の責任に於て、これを右叢書刊行の題言とする。

續刊（豫約募集）各冊一圓五十錢

岡本潤著 **夜の機關車**（詩集）

中野秀人散文自選集